高高度の死神

怪獣殺人捜査

大倉崇裕

THE GRIM REAPER ENCOUNTERED at HIGH ALTITUDE

Homicide Investigation Involving Monsters

二見書房

THE GRIM REAPER ENCOUNTERED at HIGH ALTITUDE

Homicide Investigation Involving Monsters

CONTENTS

第一話

三三〇〇〇フィートの死神

装幀　坂野公一（welle design）
装画　田中寛崇

第一部

三二〇〇フィートの死神

一

「ＵＮ15便、日本の領海に入りました。八丈島殲滅特区《はちじょうじませんめつ》まで、七分二十三秒」

その声は緊張のあまり震えていた。

巨大なモニターに表示されているのは、八丈島を中心とした半径六〇キロの海図であり、日本領海を示す地点には赤いラインが走っていた。いま、八丈島に向かって、二つの光点が超高速で進んでいる。前を行くのは、新ダラス国際空港から新羽田《しんはねだ》国際空港へと向かう予定であった国連の特別旅客機ＵＮ15便。その後方からぐんぐん距離を詰めているのは、飛行怪獣クロウウィンガーである。

霞ヶ関《かすみがせき》にある怪獣省庁舎地下にあるコントロールルームで、岩戸正美《いわとまさみ》は汗ばんだ手を握りしめていた。もう自分にできる事は何もない。乗員乗客一四二名の生死は、時間という短く細い糸の上に乗せられていた。

「間に合う……のか?」

統制官である平田嘉男《ひらたよしお》が乾いた声でつぶやいた。

「判りません」

答える必要などないと知りながらも、岩戸はそう返していた。

もし最悪の結果となった場合、すべては岩戸の責任とされるだろう。平田は眉一つ動かさず、彼女に更迭を告げるに違いない。そんな暗い未来を思い描きながらも、せめてこの食えない冷血漢に一言、ぶつけてやりたかったのだ。

「飛行怪獣がまだ、残っていたとはな……」

平田の横でため息をつくのは、国土交通省の副大臣飛斗一生《あすといっせい》である。東大を卒業後、国家公務員採用一号試験に合格し国交省に入省。以来、出世街道の最短距離を走り抜け、わずか三十六歳で一般職のトップである事務次官の座を射止めた。その後、国会議員となり、事務次官時代に培った人脈を利用しつつ出世街道を邁進《まいしん》する国交畑一筋のエリートだ。

全員が怪獣省専用ジャケットに身を包んでいる中、仕立ての良いスーツを着た白い顔の男は異質であり、完全に浮いていた。それを気に留める様子もなく、平然と手を組みモニターを睨《にら》む鈍感力は、彼がまぎれもなく、傲岸不遜な政治屋である事を物語っていた。

平田が横目でこちらを見る。説明をしてやれという合図だ。

岩戸はモニターを見つめたまま、頭の中にある怪獣図鑑のページを開いた。

「地底怪獣同様、飛行怪獣も一九九〇年代初期にほぼ殲滅したというのが、怪獣省並びに政府の見解です。実際、二〇〇〇年代に入ってからは、飛行怪獣による被害がないのはもちろん、飛行怪獣自体の出現も確認されておりません」

「だがそれは、あくまで国内産の怪獣に限っての事だろう？」

飛斗は挑むような口調で、やはりモニターから目を離す事なく言った。

さすがにその程度は調べてきているわけね。

岩戸は口元を緩める。

「怪獣対策において、もっとも困難なものは、飛行怪獣の索敵、予報、殲滅です。前兆現象がなく、出現から飛来までほとんど時間もありません。よって住人の避難誘導なども、ほぼ不可能であり……」

「過去、多くの国民が犠牲になったんだ。その程度の事は、所管が違っても把握している」

「日本政府は旅客輸送を含む空路の使用を厳しく制限する一方、飛行怪獣への対抗策を講じてきました。その甲斐《かい》あって……」

「世界に先駆け、飛行怪獣の殲滅を実現できた……そうなんだろう？」

「おっしゃる通りです。衛星を駆使した先進的な領空監視システム、あらゆる場所で発射可能な小型追尾ミサイル、その他……」

飛斗はさっと右手を挙げた。

「怪獣省の自慢はもういい。それで、今この事態にどう対処するんだ？」

怪獣省第二予報官、尾崎《おざき》の声が響く。

「UN15便は高度三三〇〇〇フィートを四八五ノットで飛行中。クロウウィンガーは五〇〇ノットに増速」

岩戸は奥歯を嚙《か》みしめる。

「このままだと、八丈島殲滅特区到達前に接触してしまう」

「UN15便と怪獣が接触した場合、どうなる？」

飛斗の口調は変わらず冷静なものだった。

「機体は一瞬で破壊されるでしょう。乗員乗客とも、絶望的かと」

「現時点で迎撃できないのか？　海上に迎撃用のブイがあるんだろう？」

「海上に配備されているのは、アメリカ製のミサイル、サターンHXです。中型の個体までは対応できますが、クロウウィンガーのような大型怪獣になると……」

「旅客機と同じ翼開長六〇メートルまでを中型、それ以上を大型と分類するんだったな？」

「はい。ここまで巨大な個体の迎撃は、日本では二十八年ぶり、世界的に見れば、昨年、地中海沖で迎撃に成功した事例はありますが……」

「飛行怪獣は殲滅したなどと、怪獣省が先走った宣言をするからだ」

飛斗が吐き捨てるように言った。

「不確かな宣言に基づいて、旅客輸送の本格的再開だなどと……」

平田の薄い眉がピクリと動く。

「飛行怪獣の出現事例は世界的にも減少している。多くの国々で、空路の再開、新規開拓が予定されている。日本がそこに乗り遅れるわけにはいかないでしょう」

「かかっているのは、人命だぞ」

「迎撃方法は確立できている」

平田は冷たい声で、岩戸にプレッシャーをかけてくる。政治の話は別室でお願いしたい、そうつぶやきたくなるのを、必死でこらえた。

尾崎の声が、緊張を増してくる。

「このままですと接触までに五分。殲滅特区からの迎撃は不可能です」

付近にある日本の海上殲滅特区は、「八丈島」のほかに「南鳥島《みなみとりしま》」「硫黄島《いおうとう》」「小笠原《おがさわら》」の三箇所だ。そこからであれば、強燃性の羽を持つクロウウィンガーに特化した熱弾頭ミサイルを撃ちこむ事もできる。しかし、ＵＮ15便はどの特区からも離れており、現段階で航路の変更は困難だ。それに加えて、その三箇所は垂直離着陸機《ビートル》に特化しており、旅客機用の三〇〇〇メートル級滑走路を持っていない。

頼みの綱は「八丈島」の殲滅特区で、そこならば熱弾頭ミサイルはもちろん、大型旅客機の緊急着陸にも対応できる。問題は、迎撃可能地点まで、ＵＮ15便が逃げ切れるかどうか、であった。

クロウウィンガーの確認されている最高速度は五八九ノットだ。本気をだされたら、ＵＮ15便は接近時の衝撃波だけで木っ端微塵《みじん》にされてしまう。

「クロウウィンガーの衛星画像はまだでないか？」

岩戸はメインモニター脇にあるサブモニターの一つに目を移す。部屋に入った時からブラックアウトしたままである。

何をやっている……。

苛立《いらだ》ちを表にださぬため、両拳にさらに力をこめた。爪が食いこみ、皮膚が破れそうだ。

対飛行怪獣作戦は初めて、という担当官も多い。いつものように、打てば響く――とはいかないか。

平田が顔を寄せてきて、つぶやいた。

「攻撃するなら、今ではないか？　アメリカ製のサターンＨＸなら、たとえ失敗しても我々の責任問題は回避できる」

岩戸は直属の上司を憎しみの目で睨みつける。

「私の前で、二度とそのような事は言わないよう、お願いしたい」

そんな態度を、平戸は咎《とが》める事もなく受け流し、冷静な口調で続ける。

「クロウウィンガー攻撃に際しての注意点は？」

「羽に油分が多く含まれており、燃えやすい」

「それはつまり……？」

「ミサイルが着弾した瞬間、クロウウィンガーは大爆発を起こすおそれもあります」

「なら……」

「ええ。15便にクロウウィンガーが接近しすぎていれば、ミサイルは撃てません。対象の爆発に15便も巻きこまれます」

「八方塞がりだな……」

「映像、でます！」

尾崎の甲高い声と共に沈黙していたサブモニターが白く光った。

映しだされたのは、衛星を通じて俯瞰《ふかん》で捉えられた怪獣の映像だった。追跡空域の天候が良好なため、薄い雲を通して、輪郭がはっきりと判る。

「アップにできるか?」

岩戸の声を待つまでもなく、モニター上の怪獣はみるみる姿を大きくしていった。驚くほど鮮明な画像だった。黒褐色の羽で覆われた全身は、モニター上ではカラスのように見える。翼開長は二〇〇メートルを超え、羽は鋼のように固く、羽ばたきが起こす衝撃波は、一瞬で大都市を破壊する威力を持つ。一〇メートルを超える嘴《くちばし》は鋼色に光り、赤黒い目は、ただじっと前方を睨《ね》めつけている。速度は五〇〇ノットと変わらず、じりじりと15便に接近している。

「どうする予報官。もう時間がないぞ」

平田のつぶやきが聞こえた。

日本に向かう旅客機に飛行怪獣が接近している。その報告が寄せられたのは、今から一時間二十分前だ。霞ヶ関の怪獣省本庁舎に待機していた岩戸は即座に召集され、ほとんど情報がないままに、作戦の指揮を任される事となった。飛行怪獣の場合、事前の索敵が難しく、通常の手続きをすべて飛ばし、予報官に指揮権が与えられる。

だが岩戸でさえ、飛行怪獣は海外で数度対応に当たっただけだ。何度もシミュレーションをこなしてはきたが、現実はそんなものとは比べものにならないほど、過酷で流動的だった。初動着手から一時間十五分、岩戸はいまだ旅客機を救う明確な手立てを見いだせないでいた。

岩戸は尾崎に言った。

「八丈島殲滅特区の受け入れ態勢はどうか？」

「三番滑走路で待機中」

「このままでは、着陸前に追いつかれる。15便の速度を上げるよう指示をだす事は可能か？」

15便はアメリカ製のボーイング８８８Ｄ。最高速度は五五〇ノットまでだせるはずだ。

「燃料がもちません。既に予定速度をかなりオーバーしていますので」

強く噛みしめたせいで、奥歯が鳴る。

打つ手なしか。接近を続ける二つの光点を見つめる。

それにしてもなぜ、クロウウィンガーは一心不乱に15便を追う？　鉄の塊は餌にはならないぞ。

隣にいる平田、飛斗の存在に、頭の中から既に消えていた。

どうする……、どうすれば……。

「こちら、殲滅第三班班長海江田《かいえだ》」

憎たらしいほどに落ち着き払った、低い声が部屋に響いた。

「予報第二班岩戸。状況は？」

「市ヶ谷《いちがや》の殲滅特区より、攻撃機《ビートル》三機が向かっている。クロウウィンガーとの接触まで一分」

「もう少し早く報告して欲しかったな」

「国交省の邪魔が入って、それどころではなかったんだ」

飛斗が軽く咳払《せきばら》いをした。その音は、海江田にも届いているはずだった。

「そこにいるのは、飛斗副大臣かな？　滑走路の使用許可がどうの、書類がどうのと面倒な事を言いだしたので、貴省の担当官を二人ほど殴り飛ばした。現在、病院に搬送中だ。岩戸予報官、後で花でも送っておいてくれ」

「自分でやりなさい。本作戦の全権を、予報班から殲滅班に移行する。以降、海江田班長の指示に従うこと」

海江田からの通信は沈黙した。

岩戸は通信用のイヤホンをオフにし、モニター画面に視線を向ける。

殲滅作戦中は、予報官といえども、通信の傍受は許されない。

頼んだわよ、海江田。

海江田は現在、市ヶ谷殲滅特区の作戦司令室で指揮をとっている。彼が担当した怪獣の殲滅成功率は一〇〇パーセント。人的被害はゼロ。ミスターパーフェクトと言われる所以だ。

その記録、今日以降も続けなさいよ。

クロウウィンガーを捉え続けるモニター画面を、高速の物体が三つが斜めに横切った。

怪獣殲滅専用戦闘機《ビートル》だ。市ヶ谷からであれば、「飛燕《ひえん》」「雷電《らいでん》」「月光《げっこう》」の三機だろう。銀色に赤のストライプ。武装を換装する事で、様々な作戦に従事可能な万能垂直離着陸機だった。

「クロウウィンガー、四〇〇ノットに減速」

「おおっ」とどこからか声が上がる一方、平田、飛斗は眉一つ動かさない。岩戸も同様だった。

状況は予断を許さない。しかし、三機によってクロウウィンガーの注意が15便からそれた事は間違いない。

『15便、そのままの速度を維持せよ』

通信専用のモニターからは、15便と八丈島殲滅特区管制塔とのやり取りが開始されていた。言語も日本語に変更されている。

情報の錯綜を防ぐため、岩戸たちのいるオペレーションルームから、15便パイロットへの直接通話は禁止されている。今までは当初着陸予定であった新羽田国際空港の管制室を通して、互いの状況を伝えていた。

『一分後、緊急着陸態勢に入れ』

『了解』

機長は落ち着いているようだった。

『クロウウィンガー、速度五二〇ノットに増速。進行方向、変わらず』

海江田、どうする。振りだしに戻ったぞ。

飛斗がつぶやいた。

「まさか、発砲する気ではないだろうな」

「するかもしれません」

岩戸は言った。

「しかし、怪獣の羽は……」

「強燃性ですが、固定武装の25ミリ機関砲程度であれば発火しない可能性もあります」

「大爆発する可能性もある」

「はい。データがないため、確実な事は言えません」

「確実ではないのに、撃つと？」

「怪獣相手に絶対確実はあり得ません」

まだ何か言いたげな飛斗を制し、モニターに注意を集める。

再び三機がクロウウィンガーに接近、超高速で画面を横切った。

海江田――何がしたいんだ？

クロウウィンガーについては、出現回数の多さから分析はかなり進んでいた。視力は弱く、コウモリと同じように超音波を放射しつつ、その反射等によって、方向、距離などを把握しているようだ。また未確認ながら、微弱な電波を発信して同種族と意思疎通を図っているとの研究もあった。聴力はかなり良いと考えられており、航空機との接触災害は、そのエンジン音への反応、及び畏怖が原因であろうという結論に至っている。

神経質な巨大コウモリ。岩戸は彼らの事をそう理解していた。羽は硬質だが、肉体そのものはさほど頑強ではなく、対怪獣用ミサイルで殲滅する事は可能。二〇〇〇年以降、飛行怪獣用に開発された追尾センサー付き熱弾頭ミサイルを用いれば、ほぼ一〇〇パーセントの殲滅が可能となり、日本の領空においては、もはや脅威ではなくなりつつあった。

それがこの有様か……。

今回の個体がいつ、どこで出現し、どのような経緯で15便を追尾する事となったのか、詳しい経緯は岩戸の元にまだ届いていない。

ダラスからの航空機で、怪獣の出現ポイントもアメリカ領内である可能性も残る。

一筋縄ではいきそうもないな。

「接触まであと二分」

「緊急着陸まで四分」

殲滅班所属の三機は、いまだ直接的な攻撃には移らず、標的の周囲をただ飛び回っているだけだ。

飛斗だけでなく、平田の顔にも焦りの色が浮かんでいた。

「海江田……何がしたい？」

思わず、口に出ていた。

「クロウウィンガー、減速。進路変更」

モニター上のマーカーが突如、北東方向に向きを変える。そして、数秒と経《た》たぬうち、今度は南東方向へ。続いて、奇妙なジグザグ飛行を始めた。

「何が、起きた⁉」

飛斗が叫んだ。

尾崎の声も、やや上ずっている。

「15便、緊急着陸態勢に入ります」

「八丈島殲滅特区より、迎撃用熱弾頭ミサイル発射準備」

15便とクロウウィンガーとの距離は、充分に開いている。今なら、大爆発が起きても問題はない。

岩戸はようやく海江田の考えが読めてきた。

「誘惑、飽和……いや、攪乱《かくらん》か」

平田の眉が上がった。岩戸は、不規則な飛行を始めたクロウウィンガーを映すモニターを睨みつつ、言った。

「電子欺瞞紙《ぎまんし》を使ったのでは？」

「なるほど……チャフか」

「殲滅班が対怪獣用の試作品を用意している、との話はきいていました。しかし、いきなり実戦投入するとは」

飛斗が酷《ひど》く不機嫌な様子でたずねてきた。

「電子欺瞞紙とは、何の事だ？」

自分だけが情報の置いてけぼりを食らう事に、慣れていないのだ。

「チャフと呼ばれる電波を反射する物質を、空気中に散布しレーダーを妨害するものです。アルミを蒸着させたフィルムのようなものを想像してください」

平田が小さく付け加えた。

「現在は同じ効果を持つ透明フィルムが使われている。わずかに磁力を帯びていて、怪獣の周辺で滞留するよう工夫もされている」

「これで音速での使用にも耐える事が、判明しましたね」

口を半ば開いたまま固まっている飛斗に、平田が説明する。

「クロウウィンガーは超音波や微弱な電波を放射し、方向、距離、同種族の有無を摑《つか》んでいる。

だから、電子欺瞞紙を散布しそいつを攪乱してやったわけだ。突然、方向感覚を失い、ヤツは混乱した。無論、効果はわずかな時間だろうが、15便を脱出させるだけなら、それで充分だ」

尾崎の声が大きく響いた。

「殲滅特区より、熱弾頭ミサイル発射されました」

その声が終わらぬうちに、クロウウィンガーを俯瞰で捉えていたモニターは眩《まばゆ》い輝きに包まれ、何も見えなくなる。

「海上からのカメラに切り替えます」

映しだされたのは、青く澄んだ空を背景に、オレンジ色の巨大な火球がゆっくりと海面めがけて落下していく瞬間だった。

熱弾頭ミサイルの直撃を受け、強燃性の羽が発火、巨大な爆弾となったクロウウィンガーは自爆し四散した。

「15便、八丈島殲滅特区滑走路に着陸」

「乗員乗客に怪我人等は認められず」

その報告を受ける岩戸の耳に、海江田の声が聞こえた。

「作戦終了」

その声は、憎たらしいほどに落ち着いている。

二

新羽田国際空港国際線の一般人搭乗ゲートは、閑散としていた。搭乗開始まであと十五分ほど。待合のソファに腰を下ろしているのは、難しい顔をした背広姿の男女ばかりだ。三分の二は欧米系の白人であり、残りが日本人だ。合わせて四十人ほどだろうか。

ガラス越しに見える待機所には、国産旅客輸送用ミドルジェット「剣《つるぎ》‐J30」が鎮座している。全長二三一・二フィート（七〇・五メートル）、翼長一九六・八フィート、最大速度六六六ノット、航続距離は九五〇〇マイル。最大一一四人が搭乗可能な日本の最新主力機である。この機体に、日本の旅客輸送の未来がかかっていた。

一九六三年、頻発する怪獣災害に対応するため、日本は航空機による旅客輸送事業を、無期限で凍結せざるを得なくなった。飛行可能な怪獣に各地が襲撃される中、旅客機を飛ばし続けるわけにはいかなかったのである。

こうした事態は日本に限った事ではなく、世界各国にも及んでいた。六〇年代後半には、世界のほぼ全域で空路は閉鎖され、民間人の飛行は、国連の許可を受けた航空機のみに限られた。

アメリカなど一部の国は、自軍の戦闘機による警護の元、民間旅客機を飛ばし続けたが、その多くが飛行怪獣の餌食となり、結局、国連の勧告を受け入れる事になった。

　こうして、一九七〇年代まで、地球の制空権は半ば怪獣たちに握られていたのである。

　そんな中、日本は旅客輸送を凍結する代わりに、怪獣迎撃用戦闘機の開発と対怪獣に特化した追尾式センサーの研究に予算を投じた。

　研究の成果は七〇年代半ばに花開き、中国、ソビエトと共同開発した対怪獣ミサイル「崑《コン》」が完成。アジア圏を席巻していた翼開長七〇メートルの中型飛行怪獣ブルオーグをほぼ殲滅させる事に成功した。その後も大型の怪獣ダイアギロン、무빙《ムビン》及び小型のケイラーカイトを完全殲滅、八〇年代に入るころ、アジア・ヨーロッパ圏での飛行怪獣被害をほぼ抑えこむことに成功していた。

　一方、戦闘機の開発も急ピッチで進められ、一九七一年には世界に先駆け、垂直離着陸可能な戦闘機《ビートル》を開発。両翼に空対空ミサイルを二機、機体内部には様々なウェポンを状況に応じて収納、展開する事ができる汎用性コンテナを備えた画期的なものであった。

　ビートル機が各殲滅特区に配備された事で、翼開長一〇メートル以下の個体にも緊急対応が可能となり、二〇〇〇年、日本政府は国内の飛行怪獣の完全殲滅を宣言した。

「空の旅には、慣れているようですね」

　岩戸の隣に座っていた白人が流暢《りゅうちょう》な日本語で話しかけてきた。年のころは三十前後、抜け目のなさそうな細い目で、こちらをうかがっている。清潔感第一の身だしなみ、袖からちらりとのぞいただけで、高級と判る腕時計。

外資の保険屋か。岩戸は当たりをつけた。

「仕事で、よく使いますから」

適当な答えを投げる。相手は意味ありげに微笑みながら、岩戸の耳から顎にかけてを、ゆっくりと品定めしていった。

「民間で飛行機を使える日本人は、まだほとんどいないはずだ」

足を組み、待合所の高い天井を見上げた。

「しかし、日本政府としては、一刻も早く旅客輸送を再開したいようですね」

飛行怪獣完全殲滅を宣言した日本政府が次に目指すのは、怪獣から世界の制空権を完全に取り戻す事だった。

その第一歩が、半官半民の航空会社の設立であり、旅客機の定期運行開始であった。

飛行怪獣の殲滅宣言以降、日本政府は国主導で旅客運送解禁に向けての布石を打ってきた。新羽田に拠点となる国際空港を整備し、国連の認可を得て世界標準機である「ボーイング８８８Ｄ」を二十機購入。国の管理下で、一日数便をアメリカ、ヨーロッパ各国へと運航してきた。

しかし、利用は公務員、国際的な大企業の従業員が優先とされ、一般人の私的利用についてはほとんど認められないのが実情だった。新羽田国際空港に整備された「日の丸ラウンジ」も、もっぱら外資系企業の利用者によって占められ、一般人にとっては縁の薄い、まさに雲の上の場所であった。

そんな二十年を経て、いま、政府は次の一歩に踏みだそうとしている。昨年より、純国産の「剣」を試験運用の名目で就航させ、週に一度のフライトであったが、一般人を搭乗させ、アメリカへの往復を開始したのである。現在のところ、事故もなく、運航は順調であり、もし次期総理大臣に現怪獣省大臣の土屋昭彦《つちやあきひこ》が就任すれば、旅客輸送再開の機運はさらに高まるだろうと推測されていた。

男はガラスの向こうに待機する銀色ボディの飛行機を示した。

「来年あたり、実行に移す腹づもりのようですよ。そのために、あいつを作らせた。もう量産に入ってるって噂《うわさ》も聞きますし」

「詳しいのですね。その噂なら、私も聞いた事があります。アジア各国だけでなく、ヨーロッパ諸国も乗り気のようですね」

岩戸が会話に乗ってきた事に安堵《あんど》の様子を見せつつ、男は続けた。

「中国、ロシアを含め、アジア、ヨーロッパ圏で飛行怪獣被害が激減したのは、すべて日本製兵器のおかげですからね。日本の意向は無碍《むげ》にできないでしょう。日本主導で各国主要都市との航路開設が行われるのは、もう決まったも同然です」

日本は自国の飛行怪獣を殲滅した後も、周辺各国への援助を惜しまなかった。

その理由は二つ。

一つは飛行怪獣に国境は意味を持たないからである。日本国内の怪獣を殲滅したところで、飛行怪獣は簡単に海を越えやって来る。地底怪獣よりもその頻度は高く、侵攻も早いため事前の対策が取りにくい。実際、地球の裏側に生息する怪獣が海を越え、日本に飛来した事例すらある。

つまり、国内環境を整えただけでは足らず、周辺各国の飛行怪獣も適宜、殲滅していく必要があったのだ。そのため、日本は追尾センサーの技術を提供し、技術者を派遣、時には怪獣省殲滅班と共同作戦を行いながら、多くの怪獣を駆除していった。

二つ目の理由は、怪獣先進国としての国際的地位向上のためである。要するに、怪獣を殲滅する事で他国に恩を売り、日本の味方につけたいという目論みだ。

現段階として、それは大いに成功している。

男は眩く輝く剣の機体を眺めながら、さらに続けた。

「対怪獣兵器の輸出で、この十年、日本では好景気が続いています。国際舞台での発言権も増すばかりだが、それに対する反発はあまりに少ない。まあ、唯一の例外が、私の祖国であるアメリカで……」

搭乗ゲートに通じる通路が、にわかに騒がしくなった。VIP専用のドアから、一人の男性が姿を見せた。白髪頭にメガネ、背丈は一七〇センチに届かないくらいだろう。両側に立つ屈強な白人男性との対比もあって、余計に小さく映る。

「おでましか」

男は岩戸に会釈をすると、素早くその場を離れ、VIP専用ドアにたむろする一団の中へと入っていった。

記者からマイクを突きつけられ、カメラのフラッシュを浴びる男は、アメリカ合衆国国務長官、バーニー・T《トモユキ》・カイバラだ。共和党に所属する五十九歳は、日本人を母に持つ。現大統領の右腕と言われながらも、リベラル寄りの発言も多く、出自も相まって党内の人気は決して高くはない。それでも彼を今の地位に留《とど》めているのは、膨大な法律知識と豊富な外交経験、そして「絶対に間違わない」と言われる判断の的確さだった。

カイバラ国務長官は日本滞在の全日程を終え、駐機中の剣31便で帰途に就く。目的地はアメリカ合衆国新アンカレッジ国際空港だ。

ワシントンやテキサスなどいくつかの都市は深刻な怪獣被害を受けており、現在、首都機能は各州に分散するという異常事態を迎えている。アラスカ半島は怪獣の出現率も低く、軍事の主要拠点となりつつあった。国務長官はまずアラスカに降り立ち、外遊の成果と今後の方針を発表する心づもりなのだ。

「パフォーマンスだよ、ありゃ」

話しかけられたのかと振り返ったが、岩戸の後ろに立つ男性が、同僚と思《おぼ》しき女性と、カイバラを目で追いつつ会話をしているだけだった。

「合衆国の政府専用機じゃなく、日本製の航空機でわざわざ帰国する。メイド・イン・ジャパンは安全だって見せたいのさ」

「でもアメリカは、日本の航空行政に不満タラタラなんでしょう?」

二人はマスコミ関係者らしい。

「日本と違って、アメリカは保護主義路線まっしぐらだからね。怪獣対策も日本の協力を断って、独自で技術開発を試みた」

「それが大失敗だった」

「おかげで、アメリカはいまだ怪獣災害に悩まされ、経済規模も縮小の一途を辿《たど》っている。世界の動きに取り残され一人負けしている状態だ」

「二国の関係は過去最悪と言われているけれど、それでもカイバラは訪日した。いよいよ、日本と協力する気になったって事かな」

「どうだろうね。アメリカ国内はいまだに日本アレルギーが強い。不買運動や暴動まで起きているからなぁ。今回の訪日も、決してアメリカ国民には歓迎されていないと思う」

「それだけ切羽詰まっているって事かしら」

「このまま日本が旅客輸送を再開して、アジア、ヨーロッパ航路の主導権を握ってしまったら、もう為す術《すべ》がなくなるからな」

「だからといって、あのアメリカが、おとなしく日本の軍門に下る？　まさか」

「だよな」

二人は話を続けながら、離れていく。

政治の事はよく判らない。岩戸はため息をついた。まったく、厄介な事だ。

そこに、先の男が早足で戻ってきた。

「やれやれ。何とか国務長官閣下にご挨拶できた。さてそろそろ、私たち一般帯同者も搭乗開始のようですが……」

男は胸ポケットから名刺をだしてきた。

「ガンバロン保険のメイソン・ストームです」

メイソンが、何のつもりで岩戸にまとわりつくのか。その真意を一応は確認しなければなるまい。

岩戸も自身の名刺を差しだした。

「グロイザー製薬日本支社管理部長の日崎朋香《ひざきもえか》と申します」

「剣31便に乗れってどういう事です？」

岩戸の前で、船村秀治《ふなむらしゅうじ》ははげ上がった頭頂部をペチンと叩く。

「いやぁ、急で悪いんだけどねぇ」

船村から緊急の用件があると呼びだされたのは、クロウウィンガー騒ぎがあった三日後だった。場所は山手線《やまのて》有楽町《ゆうらくちょう》駅のホーム、しかも午前十時の指定つきだ。

京浜東北線《けいひんとうほく》と山手線がひっきりなしに発着するホームは、常に人でごった返し、案内板横のベンチに座る初老の男性と不機嫌のオーラをまとった女性になど、誰も見向きもしない。密談は人混みに限ると、船村は常々つぶやいてはいたが——。

岩戸は喧噪《けんそう》に負けじと声を上げた。

「しかも身分を隠してって？」

「怪獣省の人間ですって、乗りこむわけにはいかないでしょうが。国務長官の飛行機に」

「私はこれでも、職務上、メディアに載る事も多いんです。顔バレしちゃっていますよ」

「大丈夫。かっちりとしたビジネス用スーツを着ていれば、誰も判らんでしょう。予報官がテレビに出る時は、いつも制服か戦闘服だから」

「今の発言は充分にセクハラだと思いますが」

「いやぁ、そうか……それは申し訳ない」

船村は哀《あわ》れみを誘う自虐的な笑みを浮かべ、また頭をぺちぺちと叩いた。

こうなると、もう誰も逆らえない。話は常に船村ペースで進んでいく。

岩戸はため息交じりに続けた。

「私がどうこう言っても、どうせ話は進んでいるんですよね。平田統制官も了承済みとか？」

船村は人の好《よ》い笑みを浮かべたままだ。つまり、岩戸の言った通りなわけだ。

「ですが、どうして私を？」

「何となく、不安でしてね」

「何となく？　今、何となくって言いましたか？」

「そう、キンキン声をださないでくださいよ。まあ確かに、私の予感でしかないわけだけれど……私の予感ってけっこう当たるんだよ」

「知りません、そんな事。船村さんの予感で管轄外の任務を割り振られてはたまったもんじゃないです」

「まあ、そう怒らないで。あの飛行機には私も乗る予定なんだ。警護要員としてね」

へへへと船村は何ともつかみ所のない表情で笑った。

警察庁の閑職で昼行灯《ひるあんどん》を気取りながら、その実は怪獣防災法を担当する公安のエースである。

妙なおっさんに見こまれちゃったなぁ。ベンチに腰かけ直しつつ、岩戸はため息をつく。

「それで、31便に乗りこんだら、何をすればいいんです？」

「それはまだ判らない。もしかすると、何もしなくていいかもしれない。そうなったら、二、三日、アラスカで羽を伸ばしてくるといい。何ならオーロラツアーを手配します」

「アメリカは大変な状況なんですよね。いかにアラスカとはいえ、日本人がウロウロできる雰囲気でもないみたいですけど」

「そうか、盛り上がってるもんなぁ、不買運動」

「暴徒化している地域もあって、支社を引き上げる企業も、出てきているようです」

「アメリカの怪獣対策が失敗である事は、国民も判っている。対怪獣兵器開発の遅れが、致命的だったねぇ」

「アメリカは既存兵器の転用で充分という立場を取ったんでしたね」

「そう。だが、怪獣には何一つ通用しなかった。たくさんの人が、亡くなったねぇ……」

「国務長官の来日は、その辺りと関係が？」

「恐らくね。世論の反対を押し切って、日本式怪獣兵器の導入を進める気だろうね」

「一筋縄ではいかないと思いますけど」

「それだけ、追い詰められているって事さ。アメリカさんも」

船村はゆらりと立ち上がった。

「だからこそ、心配なんだよ」

岩戸は座ったまま、彼を見上げた。

「もしかして、国務長官の暗殺を疑ってます？」

船村はクシャリと表情を崩し、乾いた笑い声をたてる。

「それが判れば、苦労しないよ。ただ、政治の臭いはする」

「もしかして、次期総裁選？」

船村はニヤリと笑う。

「怪獣一直線の予報官でも、そのくらいは感じてますか」

「当たり前です。所属省の大臣が、総理大臣になるかもしれないんです。後任問題も含め、省内の人間はそわそわしています」

「現小林《こばやし》総理の任期は来年二月まで。与党内で総裁選挙が行われる。現状、有力なのが怪獣省の土屋大臣と国交省の木田《きだ》大臣。怪獣災害に備え、中央集権的で強固な国作りを目指すのが土屋大臣。怪獣災害はもう終わったとして、より民主的な国作りを目指すのが木田大臣。党内情勢、世論共に二分されているね」

「その中で浮上してきたのが、旅客輸送再開問題なんですよね？」

「土屋大臣は再開に賛成。木田大臣は反対。真っ向から対立している」

「そこがよく判らないんです。怪獣の脅威はまだ去っていない。土屋が旅客輸送の再開を望み、怪獣を過去のものとしたい木田大臣が再開に反対する。あべこべじゃないですか」

「怪獣の脅威があるからこそ、土屋大臣はそう考えているんでしょうなぁ」

船村の言葉は、岩戸の胸にストンと落ちた。

岩戸が予報官として、日夜、粉骨砕身、怪獣殲滅の任に当たっているのは、あの憎むべき存在がいなくなる日を夢見ての事だ。怪獣絶滅という夢があるからこそ、がんばれる。

「怪獣という強大な敵がある間は、皆の団結が維持される――」

船村もうなずいた。

「かつての独裁者も、常に外部に仮想敵を置いていた。憎しみと恐怖は人の思考を奪う。土屋大臣はその辺がよく判っている。空路を確保し、世界の制空権を取るためには、逆に怪獣が必要なんですよ。怪獣を過去のものと片付け、国内にばかり目を向けている木田大臣の事は、お花畑に見えるのでしょうな」

船村はあえて断定を避けているが、おそらく、彼の言う通りに違いない。

そんな男がいま、総理の椅子に近づいている。その先に広がる未来に、果たして希望はあるのだろうか。

黙りこんだ岩戸を気遣ってか、船村はまた顔をクシャクシャにして笑った。

「いや、余計な事を言っちゃったかな。あまり気にせんでください。それより、『剣31便』の件、何とか頼みますよ」

彼は顔の前で手を合わせる。

「この通り」

「判りましたよ」

端《はな》から断れる案件とは思っていない。彼に呼びだされた時点で、趨勢《すうせい》は決していたのだ。

「この件は、貸しという事で」

「ええ、構わないですよ。それじゃ」

山手線が到着し、ホームはまた人でごった返し始める。船村はそんな人混みに紛れ、見えなくなる。

あのような男との関係がまた一つ深まってしまった事に、苦い思いがわき上がる。

あの男は危険だ。必要以上に近づいてはいけないのに。

新羽田を飛び立ち六十分、シートベルト着用のサインも消え、機内にはくつろいだ空気が流れている。

31便は離陸後、日本本土上空を北に向かって飛ぶ。今は仙台《せんだい》の上空あたりか。

機内には低いエンジン音が響いているが、揺れもほとんどなく快適だ。作戦時に、岩戸たちが搭乗する輸送機やヘリとはまるで別物である。

岩戸自身、要請を受け、他国で怪獣殲滅作戦に従事した経験が何度かある。だがその際は、緊急を要するため軍用機での移動だった。乗り心地などは二の次で、固い座椅子にベルトで固定され、数時間のフライト中、水一杯、飲むゆとりもなかった。帰路もまた然《しか》り。予報官をはじめとする班長が日本を留守にする期間は、極力短期に留めるようにとの通達が、怪獣省から出ているためだ。滅多に見る事のできない異国の文化を前にして、観光はおろか、食事すらとれないまま、再び輸送機に詰めこまれ、日本に戻ってきた。

それに比べれば、純国産旅客機第一号「剣」はまさに天国だ。

電子機器の使用許可を示すライトがつくのを待ち、岩戸は持参したタブレット端末を立ち上げた。船村が送ってくれた「剣」の客室周りのデータが届いていた。

「剣」の座席は一等から三等までのランクに分かれているらしい。

機体前方にあるのが一等で、全部で十席。広いシートに特別製の食事など、高級ホテル並みのサービスが受けられると聞く。

もっとも、現在その空中ホテルは、合衆国国務長官と随行員、警備担当のSPらによって満室の状態であった。空港に着いて以来、船村の姿を一度も見ていないが、恐らく彼も、その中にいるのだろう。

機体の中ほどに位置する二等は、五十席。いま、岩戸がいるのも、二等である。一等よりは劣るのかもしれないが、リクライニングで座り心地もよいシートは、左右にそれぞれ二席ずつ配され、幅もたっぷりある。長時間座っていても、苦にはならないだろう。手荷物はシートの頭上にあるロック式の荷物棚に入れる事ができ、座席の脇には引き出し式のテーブルも備わっている。

岩戸の席は窓側だったが、翼が邪魔で残念ながら外の景色を眺める事はできない。その代わり、隣のシートは空席で、二人分のスペースを独占できる状態だった。

二等からさらに後方、機体最後部にかけては三等席のスペースとなっており、運用状況などによって席数を増減できるシステムとなっていた。乗り心地については、「旅客列車並み」との評判を聞いていたが、本当のところは判らない。今回は国務長官用の特別機であるため、三等客は乗っておらず、仕切り代わりのカーテンには、「関係者以外立入禁止」のプレートがさがっていた。

一等と二等の間も、紺色のカーテンで仕切られているが、その間には飲み物などを準備、提供するギャレーが設けられており、いまも客室乗務員の女性が出入りをしている。二等乗客の何人かは、興味本位で一等をのぞき見ようとしているが、カーテンに阻まれ、何も見る事はできないようだった。

タブレットを置いた岩戸は、それとなく乗客たちの観察を続けた。

二等の乗客は岩戸を含め四十二名と船村からの情報にはあった。三分の二が長官に帯同するビジネスマンであるらしい。彼らは、空の旅に慣れているのだろう。さっさと寝てしまう者、端末を開き仕事に没頭する者など、思いおもいにくつろいでいる。

一方、それ以外の乗客たちは、やや様相が異なる。私用による航空機の利用は、まだ厳しく制限されており、搭乗料金も高額だ。皆、初めてのフライトと見え、何も手につかない様子だった。緊張で強《こわ》ばった表情のまま、シートに背中を押しつけ、肘掛けを握りしめている。

飛び立ったら最後、無事に着陸できる保証はない時代だ。実際、それを理解した上で搭乗する旨を記した書類にサインをしなければ、出国審査はパスできない。

彼らの多くが高齢者であり、渡航の理由のほとんどが外国に暮らす親族に会いに行く事であると、船村より聞かされていた。

仕事などの事情で離ればなれに暮らす家族。会うためには、長い船旅を経るか、危険で高額な航空機に頼るよりない。移動するのは年配者という流れができあがるのは、当然だろう。もし万が一があったとしても、犠牲になるのは、老い先短い方——という訳だ。何ともやりきれない話だが、それが現実である。

すべては怪獣が悪いのだ。

機内の日常的な光景が、岩戸を奮い立たせる。奴らを殲滅し、日本の空を取り戻す。

視線を感じて顔を上げると、通路を挟んだ一つ前の席にメイソンが座っていた。笑顔のままひょいと手を挙げる。あまり愛想良くすると、隣の席に移ってきかねない。軽く会釈するに留め、ゆったりと目を閉じた。タブレットは起動したままにする。

「剣」はまもなく北海道を縦断し、海上へと出る。そのまま北太平洋からベーリング海を一直線に飛び、新アンカレッジ国際空港へと到達する予定だ。

船村の言う漠然とした不安の正体——。

もし相手が船村でなかったのなら、たとえ怪獣省上層部の命令であっても、岩戸は断固、拒否しただろう。任務の性格上、予報官にはある程度の命令拒否が認められていた。あやふやな理由で日本の守りを放りだし、航空機で他国に赴くなど、まったくもって言語道断な話である。

にも関わらず、岩戸はこうして「剣31便」に乗っている。その背景には、船村と共に乗り越えてきたいくつかの「事件」があった。

彼の腹の内が見通せないのは業腹《ごうばら》だが、今は何も言わず従うべきなのだろう。もし何事も起きなければ、空港から出ず、そのままとんぼ返りすれば良いだけの話だ。それでもつい気になって、五分に一度は端末を開き、自身のアカウントをチェックしてしまう。幸い、怪獣出現の報もなく、日本も「剣31便」も、穏やかな時間の中にいた。

その中で岩戸は、先日から気になっていた件について、考え始めていた。UN15便を襲ったクロウウィンガーの件だ。暫定的な報告書は受け取っていたが、何しろ公海上で発生した事案でもあるので、不明瞭な部分が多かった。特に、個体の出現ポイントについて、結論が出ていない点が気になって仕方なかった。

出現を確認した瞬間を、岩戸は見ていない。

日本のレーダー網は高性能かつ緻密だが、その使用が認められているのは、あくまで日本の領土・領海内のみだ。他国の領土領海を許可なく索敵する事は厳重に禁じられていた。公海に関しては、近隣諸国との合意によるという何とも曖昧な取り決めに終始していたが、怪獣への恐怖が国家間の利害を超え、多くの国々が情報の共有に同意していた。

一方、数少ない例外がアメリカだった。自国領内はむろん、太平洋、大西洋、ベーリング海などで情報共有を拒否。他国からの情報公開請求にも応じない強硬姿勢をとり続けていた。

UN15便に関しても、早期からクロウウィンガーの脅威が察知されていたはずだ。実際、日本の衛星監視網は全世界に張り巡らされており、怪獣の脅威があれば、そこがブラジルであろうが、アフリカ大陸であろうが、すぐに情報は入ってくる。そして当該国から情報共有、及び怪獣殲滅への協力要請があればすぐに対応できる態勢を持っていた。

しかし今回、怪獣省に情報が下りてきたのは、実に着陸数時間前というタイミングだった。クロウウィンガーの存在を察知してから、岩戸たちがその件を知るに至るまでの時間は、完全にブラックボックス化されている。そこに何があったのか。現場に知る由《よし》はない。情報共有にアメリカが抵抗したのか、何らかの圧力があったのか、ギリギリの交渉があったのか。いずれにせよ、詳細はいまだ判らず、クロウウィンガーの出現場所等については、判らぬままである。

衰えたとはいえ、アメリカはアメリカか。

岩戸はタブレットで世界地図を開き、ある一点をズームした。ハワイ諸島である。怪獣に敗れた大国アメリカ。ハワイ諸島はその象徴とも言える場所だった。

三十年前、ハワイ諸島は正体不明の怪獣に襲われた。アメリカ政府は単独での迎撃を行ったが失敗。ハワイ諸島は完全に壊滅した。

ハワイ近海は壊滅から三十年経った今でも、不透過性のガスに覆われており、内部の様子を摑む事はできていない。常に煙で覆われている一帯を、各国はアメリカへの批判と揶揄《やゆ》をこめ

「スモーキング・アイランズ」と呼んでいるほどだ。

アメリカ政府はいまだハワイ州壊滅の詳細を明らかにしておらず、犠牲者の数も不明。怪獣の種別、名称についても、「不明」で押し通している。

岩戸は、アメリカはガスの中で何が起きているのか、おおよその状況を把握した上で、情報を隠蔽していると考えていた。

ではなぜ、そのような事をするのか。答えは明確には出ていない。自国のみで対処しようとし、失敗を重ねているだけなのか。それとも、状況を把握しつつ、ある意図を持って隠蔽しているのか。

後者の場合は大いに厄介だ。

そんな「スモーキング・アイランズ」の件に限らず、アメリカのやる事は一切、信用してはならない——それが岩戸の考えだった。

船村が自分に白羽の矢を立てたのは、もしかすると、そんな思考に感づいていたからかもしれない。

一等と二等の間にあるギャレーから、客室乗務員が一人現れた。制服を着た長身の女性だ。

彼女はミネラルウォーターのボトルが入ったワゴンを押し、手慣れた様子で乗客一人一人に手渡していく。

一等には食事サービスもあるようだが、二等はスナックとドリンク類の提供しかない。三等に至ってはそうしたサービスが一切ないため、乗客は飲料と軽食を事前に購入し持ちこむ必要があるようだ。

岩戸も礼を言ってボトルを受け取る。機内の空気は乾燥しており、喉の奥に違和感を覚えていた。他の乗客たちも似たような感じなのだろう。多くがボトルの封を切り、喉を潤していた。

斜め前に座るメイソンも同様だ。

その横に座る大柄な白人男性は、封を開けた大判の封筒を脇に置き、せかせかとした様子でボトルを開けようとしている。だが、キャップを覆うビニールがなかなか外れず、悪戦苦闘していた。

男はボトルをいったんテーブルに置き、ため息をついた。安物の背広姿で、腹が突きだしている。かなりくたびれた外見ではあるが、社用で航空機を使えるという事は、本国に戻ればそこそこ優秀なビジネスマンに違いない。

男は胸ポケットにさしたボールペンを取り、ノックしてペン先をだすと、それでビニールを切り裂いた。

男がボトルのキャップを開けた瞬間、機体が大きく揺れた。男性は手に持ったボトルを倒してしまい、隣に座るメイソンのズボンに水がふりかかった。

男は何度も頭を下げ、メイソンは苦笑しつつそれを受けている。

スピーカーから、低い声が流れ始めた。

「機長の三上《みかみ》でございます。ただいま、気流の良くないところを通過中です。今後もまた、大きく揺れる恐れがありますので、シートベルト着用のサインを点灯……」

ハンカチを手にしたメイソンが、トイレの方へと歩いて行く。乗務員の一人が席に戻るよう言っているが、彼は濡《ぬ》れたズボンを示しながら、そのまま通路を進んでいった。

機内のざわめきが収まり、一段落ついた途端、再び機は大きく揺れた。先ほどは横だったが、今度は縦だ。腹にずんと響く、嫌な揺れだった。岩戸は思わず肘掛けを固く握りしめていた。

あちこちで乗客の悲鳴が上がる。

小刻みな揺れが続く中、メイソンが戻ってきた。縦揺れの衝撃をトイレ内で受けたにしては、平然としている。席に着いたメイソンに、隣の客が何か声をかけている。メイソンも笑いながら、気さくに会話していた。

それからすぐ、シートベルトのサインが消えた。機内の空気が緩み、ベルトを外す音が響く。

メイソンの隣の男は素早くベルトを外すと、こぼれて半分ほどになってしまった水のボトルに口をつけ、二口ほど飲んだ。

見るともなしに見ていた岩戸の眼前で、異変は起きた。ボトルのキャップを閉めた男は、突然、感電でもしたように立ち上がると、うめき声を上げながら両手で喉を押さえた。横にいたメイソンは、慌てて通路側へと身を引いている。

男は喉を押さえたまま、メイソンの後を追うようにして通路側へと倒れこんだ。悲鳴を上げながら、メイソンは這《は》って男から離れようとする。

男はうつ伏せに倒れこむと、小刻みに痙攣《けいれん》を起こし始めた。メイソン以外の乗客たちも呆然《ぼうぜん》とした様子で、徐々に動きを止めていく男を見下ろしていた。

ギャレーから、ボトルを配っていた乗務員が飛びだしてきた。彼女は既にマスクと手袋を着用しており、ゆっくりと倒れた男に近づいていく。首筋に手を当て脈を確認する。はっと息を呑《の》むのが判った。どうやら、呼吸も血流も停止しているらしい。

岩戸は無意識のうちにハンカチで鼻と口元を押さえていた。もしこの原因が悪性のガスであったら――。

もっとも密閉された航空機の中だ。換気されているとはいえ、ハンカチ程度では慰めにもならないだろう。

ギャレーのカーテンが再びはためき、屈強な白人二人が飛びだしてきた。一等にいた国務長官のSPだろう。乗務員と言葉を交わした後、二等客室の全員を不穏な目つきで眺めると、そのまま一等の方へと戻っていった。

次の瞬間、黒い間仕切りが音もなく下からせりだしてきて、一等への通路を完全に遮断してしまった。これには、岩戸も呆気《あっけ》に取られた。二等客室の最前部に一枚、強固な隔壁が出現したようなものだった。

なるほど、パニックルームのようなものか――。

不測の事態が起きた場合、一等客室だけ、ほかから隔離する事ができるのだ。

乗客の不審死を受けての判断だろう。国務長官を守るためなら、的確な判断だ。

一方、残された二等の乗客はただただ呆然とするよりない。皆の視線は、自然とこちらに取り残された格好の客室乗務員に向く。だが彼女たちも、狼狽《うろた》えた表情で何ら指示らしい事もできずにいる。こうした場合の措置については、まだ指導されていないようだった。

一同がただ呆然とする中、メイソンが岩戸に近寄ってきた。

「参ったね。まさか隣の客が突然、死ぬなんて」

岩戸は口元からハンカチをどけ、言った。

「亡くなった人とは、初対面ですか？」

「偶然、隣り合っただけさ。まあ、挨拶くらいは交わしたがね。名前はマット・アノイ。アメリカ人だと言っていた」

「ビジネスマン？」

「身なりから見て、恐らくそうだろう」

罪なき一般人が、何らかの発作で不慮の死を遂げた――。

岩戸はその可能性を即座に否定する。あの苦しみようは、ただの発作で片付けられるものではない。何らかの毒物が疑われる。

さらに、この飛行機には国務長官が乗っている。乗客の不審死を偶然で済ませられるわけがない。

その時、一等との隔壁一部が音もなく開いた。中から姿を見せたのは、細身で仕立ての良いスーツを着た若い男性だ。鮮やかなオレンジ色のネクタイを締め、度の強そうなメガネをかけている。腰には服装とはミスマッチな黒く大きなウエストポーチを着け、右手にはカメラ機材でも入れるような、無骨な金属製のケースを提げていた。ケースを床に置いた彼は、通路の真ん中に立ち、黒い表紙の身分証を高々と掲げた。

「私は岡田康史《おかだやすふみ》。国交省所属の特別捜査官です」

彼はまず日本語で話し、同じ内容を英語で繰り返した。その背後では、彼が通ってきた隔壁がまた、音もなく閉じていく。

乗客たちの間にざわめきが広がった。

「捜査官って、警察じゃないのか？」

「飛行機はどうなる？　まさか、引き返したりしないだろうな」

口々にそのような事が囁《ささや》かれる。

「お静かに」

岡田が声を張り上げた。

「当機には、合衆国国務長官がお乗りです。無用の紛議は避けたい」

最前列に座る女性が言った。

「この飛行機はどうなるのです？　新羽田に引き返すのですか？」

「いえ、このまま合衆国に向けて飛行を続けます。ただし、目的地はアラスカ、新アンカレッジではなく、これより南進してカリフォルニア、新ロサンゼルス国際空港に変更となります」

乗客たちのざわめきが大きくなった。

「そんな事、勝手に決められても……」

岡田はしかめっ面のまま、大きく咳払いをする。

「皆さん、ここは事件現場の可能性があります。保全のために、ひとまず乗務員と共に、三等客室へ移動していただきたい」

指示を受け、どこかホッとした様子の乗務員二人が、すぐに客達の誘導を始めた。不満げな顔をする者もいたが、誰一人、文句を口にしたりはしなかった。

思いがけない状況となったが、岩戸にできる事は何もない。メイソンと共に、おとなしく誘導に従おうとした。

「岩戸さん」

本名を呼ばれ、思わず振り向いてしまった。身分証をしまいながら、岡田が近づいてくる。

「船村さんから、あなたの事を聞いていました。こちらに残っていただけませんか」

突然、そう言われても情報の整理が追いつかない。

「それは、どういう事でしょうか。船村さんは一等客室にいるんですよね。なぜ、ここに出て来ないのです？」

岡田の表情が曇る。

「実は出発直前にいろいろありまして、彼は搭乗しておりません」

「な……」

「事前に連絡できなかった事、申し訳ないと言付かっています」

「申し訳ないって……まったく……」

戸惑う岩戸を前に、岡田の表情も少し緩んだ。

「実は私も少々困惑しています。まさか、こんな事態が起ころうとは……」

背後がまた騒がしくなってきた。一度は三等客室に入った客の数人が、乗務員を押しのけ、こちらに戻ってきた。

先ほど最前列にいた女性が、代表して岡田に向き合った。横目で岩戸を威圧する事も忘れない。

「これはいったいどういう事です？　なぜ、この女性だけここに留め置かれるのです？　もしこの状況に進展があるのなら、すぐに教えていただきたい。我々にも知る権利はあります」

相当な剣幕で、岡田も気圧《けお》され気味だ。どうやら女性はマスコミの関係者らしい。

岩戸は二人の間に割って入り、使うことはないだろうと思っていた身分証を彼女たちの鼻先に突きつけた。

「怪獣省予報官の岩戸です」

怪獣省の名を聞いた途端、場の空気が一変する。先まで唾を飛ばさんばかりの勢いであった女性も、目を泳がせながら続ける言葉を探しているようだった。

日本における怪獣省の圧倒的権力は、諸外国でも知るところとなっている。法律の中心にあるのは、常に怪獣省であり、それは刑法、航空法などであっても変わらない。

女性は身分証を取りだし、岩戸に向き直った。

「アラスカ・タイムスのエイバ・ラングです。質問よろしいですか？」

「一つ、二つなら構いませんが、お答えできるような情報は持ち合わせていないと思います」

「あなたはなぜ、この機に乗っていたのですか？」

当然くるであろうと予想していた問いだった。

「現時点では、お答えできません」

「当機が怪獣に襲われる可能性が？」

「ノーコメントです」

「先日、UN15便が怪獣と遭遇、八丈島に緊急着陸するという事件がありました。その件との関係は？」

「ノーコメントです」

彼女の背後から、男性が身を乗りだしてきた。やはり身分証を掲げている。エイバの同僚だった。

「事前に搭乗者のリストをチェックしました。岩戸という名前は確認できませんでした。どうして偽名を使い搭乗していたのですか？」

彼らの熱気は徐々に高まっている。

できる事なら、もう少し気の利いた答えをしたい。無難な情報を小出しにして、彼らの顔も立ててやりたい。

だが、今はそれができないのだ。何しろ、岩戸自身、何が起き、これから何が起きるのか、皆目判らないのだから。

　こちらの窮状を察したのか、岡田が進み出ると、記者たちに向き合った。

「今はまだ発表できるような情報はありません」

　途端に抗議の声が上がる。岡田は声を張り上げ、有無を言わさぬ調子で怒鳴った。

「何か判れば、報告は必ずします。この場で人が一人、亡くなっているのですよ。我々は現場を保全し、死因を突き止めねばなりません。そのための時間をいただきたい」

「その件も含め、我々には知る権利がある。知られては困る事でも？」

　エイバたちは納得した様子もない。

　仕方なく、岩戸は最後のカードを切る事にした。

「ご承知いただけないのであれば、後日、怪獣省の方で対応させていただきますが、いかがか？　私の職務を妨害する行為は、怪獣防災法違反に当たる場合もある」

　この場で怪獣防災法をちらつかせるのは、完全なブラフだが、一定の効果はあった。エイバたちは静まりかえり、結局、すごすごと三等客室に戻っていった。

　その後ろ姿を追いながら、岡田は苦笑する。

「さすが、怪獣防災法」

「終身刑の可能性もありますからね。もっとも、私にそんな権限はないのだが」

船村の笑い顔が思い浮かんだ。まったく、こんな時にいないなんて。

岩戸は岡田に言った。

「非常事態である事は認識していますので、協力はします。ただ、こちらの求める情報も提供していただきたい」

「それはもちろん」

岩戸は一等客室を見やって言う。

「国務長官は？」

「向こうには向こうのやり方があるようです。ＳＰもいるようですし、ひとまず、こちらはこちらで勝手に進めましょう」

「着陸する空港が変わったという事は、航路も変更になったのですね？」

「ええ。そちらについても、ボクの手には負えません。衛星通信で新羽田の方と直接、やり取りしてもらっています。所要時間や燃料の問題も含めて」

「新羽田に引き返すという選択肢は？」

「今のところ、向こうさんにはないようです」

飛行が許可されている空域は限られる。オホーツク海からベーリング海に向かっていた31便は、進路を南東へと変更。太平洋をいったん南下し、その後、ロサンゼルスに向けて東へと飛行する。これにより、到着時刻もかなり延びそうだ。長いフライトになる。

これが、船村さんの言う「嫌な予感」ってヤツだったんですか？　それならば、今回も大当たりです。

「ところで、船村捜査官は今、どこに？　できれば、直接、コンタクトをとりたいのだが」

湧き上がってきた怒りで、岡田への口調が知らぬ間にきつくなる。彼は居心地わるげに苦笑しながら、目線を外した。

岩戸は慌てて頭を下げた。

「申し訳ない。どうも、こういう現場は慣れていなくて。それにどうも、警察庁とは相性が良くない」

「いえ」

そんな岡田の口元が微《かす》かに綻んだのを、岩戸は見逃さなかった。

「何か？」

さっそく詰め寄る岩戸に、彼はようやくしっかりと目を合わせ、答えた。

「いつも大怪獣を相手にしている予報官だから、このくらい平気なのかと」

「人間に比べたら、怪獣なんてかわいいものです。それより、質問に答えてください。船村捜査官は？」

「新羽田空港にいるはずです。空港内で死体が見つかったとかで」

また死体か……。

岡田は苦悶《くもん》の表情を浮かべたまま事切れている男の脇に、膝をついた。

「いま、我々にできるのは、この男性の死亡原因を突き止める事くらいです」

「そんな必要があるのですか？　着陸地をロスに変更したのは、ロスの方が捜査態勢が整っているからでしょう？」

「ええ、その通りです」

「だったら、着陸までおとなしくしていて、アメリカの捜査機関にすべてを任せれば？」

岡田は首を左右に振った。

「これは日本国の航空機です。その中で起きた事案を、他国に丸投げというのは……」

「まさか、面子の問題？」

「国交省からの内々の指示です。着陸してしまえば、先方の捜査機関に情報はすべて持ち去られます。そうなる前に、少しでも……」

まったく、政治が絡むといちいち面倒くさい。

「捜査は全くの素人です。大してお役にはたてないと思いますが」

「構いません。規程通りに私がやりますので、簡単なサポートだけしていただければ」

「国交省なのに捜査権がある特別捜査官。列車などの公共交通機関内で事件が起き、警察等捜査機関の到着が不能もしくは遅延した場合、臨時に捜査権を行使する事ができる。それで合っている？」

「ええ」

「あなたはこの状況、どう見ているの？」

「それをこれから、調べます」

岡田はウエストポーチからビニール製の手袋とマスクをだし、着けた。今さらの感はあったが、ないよりはましだろう。

岡田はそれ以上、遺体に近づくことはなく、テーブル上に残されたペットボトルを見つめた。横倒しにはなってはいるが、中身は充分に残っている。

岩戸は言った。

「ボトルの水を飲み、キャップをしめた直後に、倒れたように見えました」

岡田はペットボトルを手にしたまま、こちらに顔を向けた。

「見ていたんですか？」

「斜め前の席だったので、見るともなしに、視界に入ってきた」

ポーチから今度は、パックされた綿棒のようなものを取りだした。キャップを取ると、ボトルの中に残った水に綿棒を差し入れた。白い綿棒がみるみる鮮やかなブルーに変化した。

岡田の表情が曇った。彼はそれまで以上に慎重な手つきでペットボトルにキャップをし、ポリ袋に入れると、それを持って立ち上がった。

「申し訳ないのですが、あそこの保存ケースを持ってきていただけませんか」

隅《すみ》に置かれた無骨な四角いケースの事だ。岩戸は言われた通り、それを取って岡田に渡す。

「ありがとうございます」

岡田は緊張の面持ちで、ケースの上面にあるボタンを押していく。金属音がして、自動的にケースが開いた。中には黒いスポンジ状のものが詰まっている。そこに回収したボトルをねじ込むようにして入れた。

ケースを閉じ、再びボタンを押す。プシュッと空気の抜けるような音とともに、また金属音が響く。

岡田は初めて安堵の表情を見せ、自らケースを元あった場所に戻した。

「やはり、ボトルの水に毒が？」

岡田はマスクと手袋を外し、ケースの脇に置かれていた透明広口瓶の中に入れる。蓋を閉めると、こちらもプシュッと音がした。瓶をケースの横に置くと、岡田はようやくうなずいた。

「グリーニーって聞いた事、ありますか？」

「英語だと、緑がかったという形容詞。俗語だけれど、間抜けだとか新参者という意味もあるはず」

「新参者をロシア語で言うと？」

「ノビチョク……って何なんです？　語学のテスト？」

「ロシアの死のカクテル。ご存じありませんか」

記憶が刺激される。

「ノビチョク！　ロシアが開発した神経毒だ」

「九〇年代から二〇〇〇年代初頭にかけ、主にロシア国内の暗殺に使用された毒物です」

「まさか、これはロシアの⁉」

「いいえ。ノビチョクの成分は、アメリカによって既に解析、解毒剤も作られました。もはや無力です」

「じゃあ……」

「解毒剤を作ったアメリカが、さらに手を加えたんです。致死量はノビチョクの五分の一。空気中では無害だが、水に溶けることで毒性を発揮する。今やアメリカはかつてのロシアの如《ごと》く、暗殺大国ですからね」

「アメリカが改良したノビチョク。その意味を引き継いでグリーニーと呼ばれているわけね」

「さきほどボトルの水に入れたのは、グリーニー用の試験紙です。ブルーに変われば、ビンゴです」

鮮やかなブルーは、岩戸の目にも焼き付いている。

岡田は続けた。

「グリーニーの特徴は、唇が紫様に変色すること。それも時間が経てば消えていきます。遺体の唇は紫に変色していました。確実とは言いきれませんが、使用されたのは、グリーニーと考えて間違いないと思います」

「グリーニーは即効性？」

「そこがまたこの毒物の厄介なところでしてね、人によって違うんです。すぐに症状が出る場合もあれば、五分、十分かかる場合もある。最長で二十一分というのが確認されています。ただ、毒の摂取経路が判明していますから、この点については、あまり考えなくて良いかと」

「被害者の身元は当然、判っているんでしょう？」

「モンタナ州ミズーラ在住のマット・アノイ、四十四歳。C&Cペーパーカンパニー、製紙会社の副社長です」

「四十四の若さで、副社長！」

「優秀な人物だったんでしょう。服装などには無頓着だったようですが。商用で一ヶ月前に来日、アンカレッジ経由でミズーラに戻る予定だったと思われます」

「でも、そんな人物がどうして?」

岡田があらたまった口調で言った。

「そこであなたにお願いがあるんです。事件発生と被害者の氏名については、本国に報告済みです。ただ、ご承知かどうか判りませんが、航空機内では通信が厳しく制限されています」

「怪獣対策ね」

「はい。飛行怪獣は電波に敏感な種が多いとか」

「万が一を考え、一般航空機からの電波発信は制限されている」

「そのために大きなデータを送ったり、双方向の通信ができません。ですが……」

「怪獣省の所属職員は、電波制限から除外される」

「その通り。航空法に特別規定があります」

この機に岩戸を乗せた船村の意図が少しずつ見えてきた気がする。不測の事態が起きた場合も、岩戸がいれば、自由に地上と通信ができる。

「判りました」

岩戸は自席の上にある荷物棚のロックを外すと、手荷物として持ちこんだ小型スーツケースのハンドルを握って力をこめた。岡田が手伝おうと手を伸ばしてきたが、やんわりと断った。

自分以外の人間に極力触れて欲しくなかったからだ。

かなりの重量だったが、何とか床に下ろした。暗証番号を入力、虹彩認証を経て、鍵が開く。岩戸個人の持ち物は、何一つ入っていない。スペースはすべて、予報官に支給される通信機材で占められていた。多くはケース内に収納したまま、スイッチを入れるだけで機能するように設定されている。取りだすのは、折りたたみ式のモニターくらいだ。サイドポケットからインカムを取りだし、装着。回線は既に岩戸の携帯を経由して、新羽田国際空港の管制塔の特別室に繫がっている。

モニターは広げると25インチほどの大きさになった。スーツケースはそのままモニタースタンドとして使える。

その様子を岡田は目を輝かせ、見つめている。オモチャを前にした子供。これを見た大抵の男はそうなる。岩戸にはよく判らない感覚だった。

「これで怪獣省直轄の衛星経由で通信できます。データにある怪獣が好む周波数、音すべての要素は外して設定してありますから、通常のものよりは、遥《はる》かに安全なはずです」

「もし、新種の怪獣が現れたら?」

「物事に絶対はありませんから。そうなったら、そうなったで新たな手段を探ります」

岡田は目をぱちくりさせ、岩戸を見つめた。

「私、何かおかしな事を言いました？」

「い、いえ、その……怪獣省の方はポジティブだなと」

「そうでないと、やってられないんですよ」

思わず本音が漏れた。この一年だけでも、命の危険を感じる事態に、複数回遭遇している。達観というよりは、思考の放棄――真剣に考え始めたら恐怖で体が動かなくなる。

モニターに反応があり、会議室と思しき殺風景な部屋が映しだされた。

脇からにゅっと顔をだしたのは、船村である。

「やあ、岩戸予報官」

「やあじゃないですよ！　これはいったい、どういう事です⁉」

「私に怒られても困るよ。それに、状況を一番把握できているのは、君のはずだ」

早くも船村のペースに呑まれていた。腸《はらわた》が煮えくり返りつつも、ここまで事態が進行してしまっては、彼に頼るよりほかはない。

船村は続けた。

「機内で事件が起きたと機長経由で連絡があった。アメリカ側が情報を求めている」

「アメリカ当局に伝えてください。欲しいのなら、隔壁の向こうから出て来て、直接きけばいいと」

「それがそういかないようなんだよ。国務長官の安全が保証できないとの事でね。ほら、毒ガスやなんかの場合もあるだろう？」

「ガスなら、私たちは全員やられています！　自分たちだけ安全圏に引きこもって、こちらは放ったらかしですか！」

「あのぅ」

岡田が岩戸の横から顔をだした。カメラはモニター上部についている。船村側の画面には、岩戸と岡田が仲良く並んで映っているはずだ。

「あなたは、国交省の特別捜査官だね？」

「岡田康史と申します」

「君の上司も駆けつけてくれたよ」

「え？」

船村の隣に飛斗が現れた。

「飛斗副大臣！」

船村と違い、飛斗の表情は険しい。

「岡田捜査官、困難な状況ではあるが、こちらも協力は惜しまない。君の手で、何とか解決に導いて欲しい」

「はい……り、了解です」

緊張のせいか、噛みまくっている。岩戸は尋ねた。

「岡田捜査官、失礼ですが、現場経験は？」

「ありません」

「は？」

「今回が初任務でした」

何て事だ。

「予報官、ひとまず、判っている事を教えてもらえるかな」

船村の間延びした声に、怒りと絶望が脇へと押しやられる。

「船村さん、無事、帰国できたら、お話したい事があります」

「お話。いいですなぁ、いくらでも聞きますよ。そのためにも、無事、帰ってきてください」

岩戸は判っている事をまとめて報告した。

「使用された毒物はグリーニー。岡田捜査官が確認の上、ボトルは保存ケースに確保済みです」

「被害者のマット・アノイだが」

飛斗が言った。手元にタブレット端末が見える。被害者について、既に調べていたようだ。

「C&Cペーパーカンパニーは経営状態があまり良くない。社内的には社長派と副社長派の内紛が続いている。勢力は互いに拮抗《きっこう》していたが、今回、マット氏が日本の仙台パルプとの業務提携契約を取り付けた。社長派には大打撃で、事実上、勝負ありというところらしい」

「副社長が無事、アメリカに戻れたら、ですよね」

「彼は戻れなかった」

「毒殺は、社長派による仕業だと？」

「可能性はある」

お家騒動の決着を、よりにもよって、飛行機内でつけるなんて――。

飛斗は冷静な声で続ける。

「現在、乗客の中にC&Cペーパーカンパニーと関係のある者がいないか探っている。もちろん、プロの殺し屋を雇った事も考えられるがね」

岩戸は小さくため息をつき、船村に言った。

「そこまで判っているのなら、もう我々にできる事はありません。このままロサンゼルスまで行って、向こうの捜査機関に任せましょう」

意外にも、船村はあっさりとうなずいた。

「まあ、そうしてもらっても構わないがね」

「船村さんがあっさり引き下がる時っていうのは、大抵、良くない事の前兆なんですよね」

「人を貧乏神みたいに言うねぇ」

「いや、貧乏神というより……」

死神と口にしかけ、言葉を飲みこんだ。船村が現れたからといって、良くない事が起きるわけではない。良くない事が起きた場所に船村が現れるのだ。

それに、横にいる飛斗が船村の正体をどこまで知っているのか、判らない。彼の態度は、どこか船村を見下しているようでもあり、その正体を知らない可能性もあった。

岩戸はあらためてたずねた。

「それで船村さん、あなたがこの機に乗れなかった理由を説明していただけますか？」

船村はため息混じりに口を開いた。

「剣31便が離陸する直前、空港内で死体が見つかってねぇ」

「それは先ほど聞きました。死体の身元は判っているのですか？」

「園村誠《そのむらまこと》でね」

聞き覚えのある名前ではあった。

「何者です？」

「十二年前、山梨の殲滅特区で戦闘機にレーザーを照射し、離着陸を妨害した」

「思いだしました。反政府活動家ですね。怪獣省の爆破予告や、殲滅特区への不法侵入……」

「反逆罪で指名手配されていた。どこをどう逃げ回っていたのか、十二年間、足取りを摑めなかった男だ。そんなヤツの死体が、しかも空港で見つかったとなると、出向かないわけにはいかなかった」

「それで、どうだったんですか？　もしかして、剣31便に何か……？」

「その可能性はほとんどないと思う。死体は囮《おとり》だったようだ」

「オトリ？」

「わたしを引きつけるための」

「つまり、船村さんを31便に乗せないために、殺されたっていうんですか⁉」

船村はうなずいた。

「遺体には数日監禁されていた痕跡があった。何者かに拉致され、空港に連れてこられた後、殺害されたようだ。遺体は男性用トイレで見つかった。首を刺されていて、酷い出血だった」

「遺体を隠すつもりはなかったわけですね」

「そう。とにかく大騒ぎを起こしたかったようだ。31便の出発直前に。警察の関係者を乗せたくなかったんだろうね」

「どうして運航停止にしなかったんです？　出発を遅らせてもよかったのに」

「アメリカさんがウンと言わなかったんだ。何しろ、国務長官の乗機だからな」

剣31便離陸直前に、公安案件で逃亡中の容疑者が遺体で見つかる。警察庁所属の船村としては、現任務を中断しても、遺体の確認に向かわざるを得なくなる。なかなか上手い手だ。

しかし、いったいなぜ、そこまでして、31便から船村を降ろしたかった？

岩戸はモニターから目を離し、床に横たわる遺体を見下ろした。

船村にいられては、都合が悪かった――。

画面越しにこちらの思いを見抜いたらしい船村が、苦笑する。

「相手が何者かは判らないが、買いかぶられたものだ。私は警察庁の窓際部署勤務だよ」

飛斗が鼻で笑う。

「それを自分で言うかね」

「でも、間違いないんですか？　園村誠が何らかの事件に関わっている可能性は？　仲間割れって事もあり得ませんか」

「遺留品の中には身分証やなんかも残っていてね。無論、全部、偽造だった。ただ、活動からは完全に足を洗っていたようだ。名前を変え、田舎町に身を潜めて、ひっそりと暮らしていたようだ。住所地には一緒に暮らしている女性もいてね……」

船村は何ともやりきれない口調で続けた。

「別の人間として、そのまま生涯を終えるつもりだったんじゃないのかなぁ。それを、何者かが引きずりだして、無理矢理に終わらせた。園村に同情する気はないが、彼を歯車の一つとして使った外道どもには、いずれ思い知らせてやりたいねぇ」

丸腰の一般人ですら、平然と射殺できる、冷酷無比な彼の一面が、顔をのぞかせていた。

「こちらの殺しとやはり関係があるのでしょうか」

「無関係とは考え難《がた》いねぇ」

「やっぱり船村さんは、こうなる事を予測して、私を潜り込ませたんですね?」

「い、いや、そういうわけではないんだけれど……」

「船村さんが搭乗せず、もし私もいなければ、31便で起きた事件の捜査は、アメリカ主導で行われる事になったはずです」

「そこなんだけれどもねぇ。やっぱりどうもよく判らない。被害者のマット・アノイだっけ?彼と園村には当然、接点はない」

「忘れられた活動家と、製紙会社の副社長ですからね」

「そんな状況なんだ。こちらも動いてはみるが、そちらもできる限り手を尽くして欲しい。マット・アノイはなぜ、そして誰に毒を盛られたのか」

三

「岩戸さんが話していた船村という人は、警察庁の方なんですか?」

通信を終え画面をスリープ状態にすると、岡田が待ちかねたといった様子でたずねてきた。好奇心に目が輝いている。

「そう。特別捜査室所属」

「あまり聞かない部署ですね」

「所属員は彼一人だし、正直、花形部署ではないからね」

「そんな人がどうして今回の件に? そもそも船村さんは、国務長官の警護員の一人として、この機に乗りこむ予定だったんですよね。それって、けっこう大物でないと……」

「とにかく!」

彼の注意をそらすべく、岩戸は床の遺体を指さした。

「いまはこちらが最優先」

しかし、岡田は今ひとつ気乗り薄だ。

「これって、我々がやらなくてはいけない事なんですかね」

その言い分は理解できる。岩戸とて、同じ思いだからだ。唯一、彼と違う点は、船村の正体を知っている事、彼がカミソリ以上の切れ者であり、彼の悪い予感が気味が悪いほどによく当たる事の二つだ。

「まずはセオリー通りいきましょう。死因はあなたが特定してくれたし、次はどうやって毒を入れたのか」

「ペットボトルの中に入っていたんですよね」

「私は被害者がボトルの封を切るのを見た。彼が飲んだのは、間違いなく新品のボトルだった」

「となると、毒は封を切った後に入れた事になりますね」

「でも封を開けてから中身を口にするまで、彼は一度も席を立っていない。目の前にあるボトルに何かされたら、すぐに判るはず」

岡田は訳知り顔にニヤリとした。

「ならば、犯人は決まりですよ」

「隣の乗客って事？」

「ええ。可能性としては、それしかないでしょう」

隣にいたのは、メイソン・ストームだ。ボトル開封後に毒が入れられたとすれば、それができたのは、彼しかいないだろう。

「でも、彼は保険屋よ。被害者とは何の関係も……」

「それは彼が自分で話した情報ですよね。本当のところは、どうか判りませんよ」

岡田の言う通りではあった。ガンバロン保険などとは縁もゆかりもない、冷酷な殺し屋なのかもしれない。

「毒のグリーニーは、簡単に持ちこめるものなの？」

「致死量はごく微量です。水溶性なので、粉末で持ちこむのなら、数ミリの小型カプセルにでも入れれば可能です」

「例え数ミリでも、搭乗前のX線検査でひっかかるはず」

「ではあらかじめ水に溶かしておけばいい。過去には、ボールペンのインクに仕こんでいた事例もあります」

メイソンのスーツにささるボールペンを岩戸は思い起こしていた。

「なるほど。持ちこむ事自体は容易なのね」

「後は被害者の隙を見て、数滴、ボトルに垂らせばいいだけです。それならば、何とかできるのでは？」

岩戸は二等と三等を仕切るカーテンに目をやる。あの向こうに、メイソンはいる。陽気で人好きのする営業マンを演じる、殺し屋かもしれない男――。

「私なら、もっと別なやり方をする」

岩戸はつぶやいていた。

「え?」

「ペットボトルではなく、もっと別なやり方で毒を盛る。だって、このやり方だと、自分が犯人だと白状しているようなものでしょう?」

「そ、それは、そうですが……でも、とりあえずそのメイソンという人を呼んで話をきいてみるべきでは?」

「その前に、ペットボトルを配った乗務員に話をききたい」

これには岡田もすぐに納得したようだ。判りましたと答えると、三等側のカーテンへと消えた。二等担当の客室乗務員も、乗客共々、三等に押しこめられているようだ。

岡田はすぐに長身の女性一人を伴って戻ってきた。

「国江純《くにえじゅん》と申します」

深々と頭を下げる。二等の客室乗務員は彼女一人。これだけの客の応対を彼女だけでこなせるのだろうかと、岩戸も訝《いぶか》ったものだ。

国江はこんな状況であるというのに、遺体に恐怖の目を向けるでもなく、控えめに目を伏せながら、岩戸の問いを待っている。

さきほどは狼狽えた様子を見せていたが、今はもう落ち着いたようだ。客室乗務員としては、優秀な人物なのだろう。

「乗客にペットボトルの水を配りましたね？」

国江はうなずいた。

「はい。離陸後二時間を経過したところで、皆様におだしする事になっています」

「そのボトルはどこから？」

「ギャレー内の冷蔵庫から取りだします」

国江の口調は落ち着いている。

「冷蔵庫の前は？」

「空港内の倉庫から運びこまれます。ただ、カートンごとにパッキングされていて、冷蔵庫内に入れる際も、十二本ずつのパックになっています」

「そのパックを開封するのは――」

「お客様にお配りする直前です」

「その時点で、いつもと違う事、何か気づいた事など、ありますか？」

国江は控えめに首を傾《かし》げる。

「そのような事はありませんでした。もしわずかでも不審な点があれば、その場ですぐ報告しているはずです。乗務員は皆、そのように言われておりますので」

「判りました」

しかしここまでは、予想通りだ。

「では、パックを解き、皆に配り始めてからの事をおききします」

「はい」

さすがの国江の顔にも、緊張が走った。

「配る際に、決まった手順、順番などはあるのですか？」

「基本、前の席から順番に配るよう決められています」

「配る時、ボトルはワゴンに載せていましたね？」

「はい。さすがに持ち運べる重さではありませんし、ギャリーと往復していては、時間もかかりますし、配り間違いも起こりますので」

「ワゴンにボトルを積むのは、ご自身で？」

「いいえ、とにかく早くお配りする事が大切ですから、二人の担当者で一気に積みこみます。冷蔵庫からパックを取り、開封し、ワゴンに積む。それらの作業は二人で協力して行います」

「なるほど。二人でボトルをワゴンに積み、最前列から配っていく――。念のためおたずねしますが、ボトルはすべて同じ銘柄ですよね？」

「はい。銘柄、大きさとも、すべて同じです」

国江の事だ。とっくにこちらの質問意図には気づいているだろう。内心、穏やかではないだろうに、感情の乱れは見せず、無駄なくテキパキと答えていく。

「ありがとうございました。何かあなたの方から、我々に言っておくべき事はありますか？」

国江の答えは早かった。

「いいえ、ございません」


「明快な答え方でしたねぇ」

岡田は国江が消えたカーテンの方をちらちらとうかがっていた。鼻の下を伸ばしてうっとりしてるんじゃない、と尻の一つも蹴飛ばしたくなる。

「岩戸予報官、どうしたんですか？　難しい顔をして」

国江と比較されているようで、苛立ちが募るが、実際、悩ましい問題に直面しているのだから、仕方がない。

「国江さんの証言を信じるのであれば、冷蔵庫から取りだされたボトルは、何の規則性もなくワゴンに並べられ、その後、乗客たちに適当に配られた事になる」

「そうですね」

「被害者はボトルの封を切り、飲んだ直後に亡くなった」

「そうですね」

「前後の状況から見て、毒は前もってボトルの中に入っていたと考えられる」

「そうですね」

「犯人は、どうやって毒入りのボトルを被害者に飲ませたのか」

「そうです……いや、あの、あれ、どうやったんでしょう……」

「二等で配られるボトルの一本に、前もって毒を入れておく事は不可能じゃない。注射器などを使って、痕跡が目立たぬよう注入できる。でも、そのボトルをどうやって被害者に渡すか」

「確かに。冷蔵庫からだし、ワゴンに並べた段階で、ボトルの並びはメチャクチャになっていますよね」

「そのボトルを、国江さんは適当に取って、客に渡していった。その段階で、犯人にはもう手のだしようがない」

にも関わらず、毒入りボトルはマット・アノイに渡った——。

「考えられる可能性はいくつかある」

「実は無差別殺人だったとか」

　岡田が鼻の穴を膨らませつつ言った。

「昔読んだ、ミステリーにあったんです」

「充分に考えられる。ただ可能性はもう一つ。国江さんが犯人であった場合――」

「うーん、それはどうですかねぇ」

「どうしてそう思う？」

「だって、飛行機内でわざわざ毒殺を実行しているんですよ。機内は密室だし、着陸するまで逃げ場もない。そんな手を使ったら、それこそ自分が犯人と白状しているようなものですよ。岩戸さんもさっきおっしゃっていましたけど、ボクだったら、もっと別な手を使います。絶対に自分が疑われないような」

　とぼけているようでいて、突然、妙に冴《さ》えたところを見せる。岡田という青年もどこか得体の知れない所があった。

「捕まっても構わないと思っているのかもしれない。海外在住のマット・アノイに接近できるチャンスは少ない。客室乗務員として接近できるのは、最大のチャンスだった――そう考えたら？」

「いずれにせよ、毒を前もって用意するのは、殺害に計画性があるって事です。にも関わらず、真っ先に自分が疑われるような方法をとるとは、どうにも解せません」

「逆にそう思わせる事が手なのかも」

「堂々巡りになってます。これじゃあ、結論なんて出ませんよ」

「もう一人に話をきいてみるのは？」

「メイソン・ストームですか？」

「ええ。目下のところ、疑わしいのは国江さんとそのメイソンの二人だけ」

「確かに……」

岡田は自ら席を立ち、三等の方へと向かって行く。

岩戸は携帯で時刻を確認する。離陸から既に四時間。いま、どのあたりを飛んでいるのだろう。

岡田と共にやって来たメイソンは、岩戸の姿を見て、大きく肩を竦《すく》めてみせる。

「姿が見えないと思っていたら、こんな所に」

岩戸は席をすすめながら言った。

「すみません、私は……」

「グロイザー製薬の管理部長ではなさそうだね、日埼朋香さん」

「実は、その名前も仮のもので」

身分証を見せる。保険屋の目が大きく見開かれた。

「怪獣省……予報官!?　あなたが？」

「欺《だま》すような形になって申し訳ありません」

「いやいや。人の素性を見抜く術には長《た》けているつもりだったが……いや、まだまだですね、ボクも」

メイソンのくつろいだ様子に、岡田は苛立ちを募らせたようだった。

「それでメイソンさん、いくつかおたずねしたい事があるんですよ」

メイソンは数メートル先で倒れ伏しているマットを見て、顔を顰《しか》める。

「驚いたよ。まさか自分のすぐ横で人が死ぬなんてね」

岩戸は続けて口を開こうとする岡田を制し、言った。

「メイソンさん、怪獣災害に遭われた経験は？　アメリカは全土で大きな被害が出ていると聞いています」

「その点、ボクは運がいい方なんだろうね。一度も遭った事もない。親戚や友人で被害を受けた者はいる……中には死んだ者もね。ただ、ボクは軍の経験もないし、シカゴ、テキサス、ミシガン、ニューヨーク、あちこち行ったけれど、悲惨な現場は一度も目にしていない。こうやって……」

再びマットを見る。

「遺体を見るのも初めてなんだ」

「私と話したとき、被害者とは初対面で面識はないと言ってましたね」

「ああ。席が隣になったのはただの偶然だ。チケットを購入したのも、会社だ。ボクはそれを総務の人間から手渡されただけ」

「マット・アノイ氏が倒れた時の事を聞かせてください」

「聞かせてって何を？　彼がいきなり苦しみだして、ボクはもう何がなんだか……」

「彼が苦しみだす直前、あなたは何をしていました？」

「ペットボトルの水を飲んでいたよ。機内は空気が乾いていたから、喉がカラカラでね」

「アノイ氏もボトルを貰《もら》って、すぐに封を切りました？」

「さあ、どうだったかなぁ。それほど気にしていたわけでもなかったし。挨拶くらいはしたけど、彼はすぐ仕事を始めてしまった。書類の入った封筒を何通も……ほら、まだそこにある」

メイソンが示したのは、座席横にある網棚だった。そこには「C&Cペーパー」と印字された封筒が多数、入っていた。封筒の一枚は、床に落ちている。彼が倒れたとき、手にしていたものだろう。

引きだされたままのテーブルの上には、クリップで留められた書類の束とボールペンが残っていた。

「ペーパーレスが叫ばれる時代に、あれだけの書類を持ち歩くんだから、さすが、ペーパーカンパニーだよな」

そう言った後、自身の発言が場にふさわしくない事を悟り、メイソンはばつが悪そうに顔を伏せた。

業を煮やしたのか、岡田が厳しい口調で問いただす。

「質問に答えてください。アノイ氏はいつボトルに口をつけました？」

「だから、ボクは見ていない……おい、もしかして、彼が死んだ原因はボトルの水か？　ボトルの中に毒か何か入っていて……」

岩戸は岡田を睨みつつ、メイソンに言った。

「まだそうと決まったわけではありません」

「ボトルの水、オレも飲んじまった」

「大丈夫。毒の効果の発現時間は最大でも二十分程度と考えられますから。これだけ時間が経って不調がなければ、問題ないと思います」

「ただの病死じゃないって事くらいは判っていたけど、まさか……」

そこでメイソンは、自身の置かれた立場を思い知ったようだ。体を固くし、岩戸たちを見る目には暗い猜疑《さいぎ》に満ちた光が宿っていた。

「そうか、あんたらオレを疑っているんだな」

「そうではありません。形式的な聞き取りをしているだけです」

「なら、答えるかどうかは、任意だよね」

岡田が気色ばむのが判ったが、それを抑え、岩戸は言った。

「もちろんです。ただし、空港に着けば、向こうの警察があなたを取り調べます。我々はあなたが証言を拒否したと彼らに伝える事になりますが」

メイソンの目に動揺が走った。アメリカは怪獣災害の影響で、締めつけが強化されていると聞く。治安の悪化が深刻となり、犯罪率も急上昇している。そのため警察力の強化がすすめられており、その事がまた、差別などの新たな紛争の火種を生むという悪循環に陥っていた。

そうした状況で、アメリカの捜査当局に悪印象を与えるのは、得策とは言えまい。まして、これは国務長官の乗機なのだ。通り一遍の調べで終わろうはずもない。

「どうしますか？　ミスター・メイソン・ストーム？」

彼はうなだれたまま、悲しげに首を振った。

「何てこった」

「我々はあなたを疑っているわけではない。ただ、被害者の近くにいたので……」

「ボトルに毒が入っていたとすれば、真っ先に疑われるのは、乗務員かボクだ。乗務員はさっき尋問されていたみたいだが、何事もなく帰された。となると、残るはボクしかいないってわけだ」

この男、なかなかに聡明で頭の回転も速い。助手としては、岡田より使えるかもしれない。

そんな岩戸の思いを察したわけではないだろうが、岡田は険しい表情でメイソンに向き合った。

「乗務員が毒入りのボトルを被害者に渡した可能性は低い。となると、配られたボトルの開封後に何者かが毒を入れたと考えるしかない」

「だからってボクを疑うのはお門違いだ。ボクは被害者を知らないし、殺さなくちゃならない動機もない」

「あなたの証言を鵜呑《うの》みにする事はできない。こちらでも徹底的に調べさせてもらいますよ」

「ああ、いくらでもどうぞ。これでも、評判はそこそこいいんだ。では逆にボクの方からもたずねるが、あなたがたはボクがどうやって、ボトルに毒を入れたと考えているんだ？」

「使用された毒物は、ごく微量で成人男性を死に至らしめるものだ。隙を見て、ボトルに入れるくらいはわけないだろう」

「そう簡単に言うがね、ボクは通路側の席に座っていた。亡くなられたアノイ氏は、ボトルをテーブルの右側に置いていた。それは、岩戸さんもご覧になっているのではないか？」

メイソンはよく光る目で、岩戸を見た。

確かに、彼の言う通りだった。アノイはテーブルの右側にボトルを置き、書類仕事を行っていた。

メイソンはさらに活気づく。

「ボクがボトルに触れようとすれば、アノイ氏側にこうして身を乗りだして、仕事中のアノイ氏の顔の前を横切って手を伸ばさねばならない。もちろん、毒殺を目論んでいるわけだから、アノイ氏には気づかれないようにだ。そんな事が可能だと思うかい？」

「いや……それは……」

岩戸が代わってたずねた。

「アノイ氏もずっとテーブルに向かっていたわけではないでしょう。多少の隙はあったと思いますが？」

「信じてもらえるかどうか判らないが、ボトルが配られて以降、彼はずっと仕事をしていた。隙なんてなかったね」

岩戸には反論の余地がなかった。多少の隙はあったかもしれないが、ボトルのキャップを開き、そこに微量とはいえ毒物を入れる。そこまでの事が気づかれずにできるとは思えない。

「いや、ある！」

声を上げたのは、岡田である。

「ボトルを配り終わった直後、乱気流で機体が揺れた。それもかなり激しく」

「確かに、揺れたね」

「その時なら、毒を入れる事も可能だったはずだ」

「揺れたのは二度。最初のとき、アノイ氏はボトルの封を開けたばかりだった。毒を入れる暇などなかった」

岩戸は熱の入った議論に割りこんだ。

「水があなたにかかり、アノイ氏は随分、慌てていた。その隙になら毒を入れる事も可能だ」

「あなたは斜め後ろから一部始終を見てたんだろう？　なら、アノイ氏が慌てながら、しっかりとキャップをしめたのも、見えたはずだ」

メイソンの言う通りだった。水がこぼれたのだから、反射的にキャップをしめるのは自然な動きだ。

岡田は半ば自棄になっているようだった。

「揺れは二度あった。二度目の時なら――」

「それは無理だね」

「なぜ？」

「揺れが来たとき、ボクはトイレにいたんだよ」

「え？」

岡田が岩戸に確認を求めてくる。メイソンの言う通りだった。彼は濡れたズボンを拭くため、トイレに立った。その間に二回目の揺れが来た。

岩戸は黙ってうなずく。

岡田は唇を噛みしめ、拳でシートの縁を叩いた。

「ボクがトイレから戻って席に着くと、隣のアノイ氏はボトルの封を開け、水を飲んだ。キャップをしめ、新しい封筒を開き……いや、逆だったかな、封筒で水だったか、とにかく、その直後に苦しみだし、あのようになった」

メイソンは遺体を指さした後、ゆっくりと立ち上がった。

「ボクから言えるのは、これだけだ。もし、毒を入れる方法を思いついたら、報《しら》せてくれ。ボクはおとなしく三等にいる。逃げようにも、逃げ場はないからね」

勝ち誇った様子で去って行くメイソンを、岡田は殴りかからんばかりの形相で睨んでいた。

カーテンの揺れが収まった後、岩戸は声を落とし言った。

「冷静になりなさい。怒りはミスを生む。現場では御法度よ」

「岩戸予報官はよく冷静でいられますね。あそこまで小馬鹿にされて」

「あの程度、かわいいものよ。相手が怪獣だったら、踏み殺されてる」

シートに身を預け、腕を組む。

国江からもメイソンからも、決定的な証言は得られなかった。彼らがボトルに毒を入れるのは、事実上、不可能だった。

となると——

犯人はいったいどうやって、アノイを毒殺したのだ？

四

日本を発《た》って五時間が経過していた。結局、素人捜査には何の進展もなく、この一時間ほどでの変化といえば、国江の申し出で、アノイの遺体に白いシーツがかけられた事くらいだった。

岡田もすっかり疲れ果てた様子で、シートの一つに腰を下ろし、ため息ばかりついている。

閉鎖された一等客室にも動きはなく、新羽田との通信も途絶えたまま。つまりは互いに報告するような事柄はないわけだ。

この機でいったい何が起きているのか。アノイはなぜ殺されたのか。そして犯人はどうやってボトルに毒を入れたのか。

思考は同じ所をぐるぐると回り、頭の芯に疲労からくる鈍い痛みが出始めていた。喉が渇いていたが、さすがに配られたボトルの水を飲む気にはなれない。

到着まではあと四、五時間ほどだろうか。

こうなったら、いさぎよくあきらめて、すべてをアメリカ側に委ねてしまおうか。そもそも、事件捜査なんて守備範囲を超えている。

二等最前列の席に座り、窓の外に目をやった。美しく澄んだ青空が広がっている。自分が三三〇〇〇フィートの上空にいる事を、ようやく実感できた。いつも地面から巨大な怪獣を見上げ、苦闘する日々だった。そんな自分がこうして高高度から地を見下ろす日がくるなんて。

低空を飛ぶ移動ヘリや輸送機とは違う。到着まで、ずっと見ていたくなるほどの光景だった。しかし、いざ空の青さを頭に刻もうとしても、視線はアノイの遺体を覆うシーツに向かってしまう。

何か、何か引っかかっている事があるのだ。船村であればとっくに気づいて然るべき何かが。影がちらつくのに、その正体が見極められない。自分に向けられた苛立ちに、居ても立ってもいられなくなった。

眩しい日差しがふいに鬱陶しくなり、音をたててブラインドを下ろした。

岡田がその音に驚き、こちらを見た。

「どうしたんです？」

「何でもない」

言葉のトゲを隠す事ができなかった。

そのとき、三等客室の方でざわめきが起こった。振り返ると同時にカーテンが荒々しく開かれ、メイソンを先頭に数人の乗客がこちらに向かってきた。

岩戸も立ち上がり、行く手を塞いだ。

「何事です？」

「マット・アノイの死について、我々も考えてみた。日本のことわざにもあるだろう？　その……」

「三人寄れば文殊の知恵ですか？」

「そう、モンジュなんとかってヤツだ」

メイソンの後ろに立つのは男性三人。全員がビジネストリップの一人旅だ。年齢も比較的若く、団結して向かって来られたら、制圧するのは難しいだろう。

頼りの岡田はすっかり怯《おび》えきっており、シートの背にしがみつくようにして、成り行きを見守っている。

国交省もう少し搭乗させる人材を考えてもらいたい。

とはいえ、所詮、相手は人間だ。身長はせいぜい一メートル八〇ほど。口から火を吐いたり、超音波で頭を吹き飛ばしたりはしない。

「話があるのであれば、お聞きします」

岩戸は腰に手を当て、通路の真ん中に仁王立ちとなった。

メイソンは後ろの三人と目を交わし、軽くうなずいた。

「マット・アノイを毒殺した犯人が、どうやってボトルに毒を入れたのか。君の悩みはそこなんだろう？」

岩戸は仕方なくうなずいた。

「ならば、その問題を解決してやろう。一番簡単な答えさ。犯人は搬入前のボトルの一本に毒を入れた。後は飛行機の離陸を空港で見送ったんだ」

「それはつまり……、これは無差別殺人だったと？」

「無差別に殺したいのなら、すべてのボトルに毒を入れそうなものだ。なぜ一本だけ入れたのか。死ぬのは一人で充分だったからだ」

「待ってください。あなたのおっしゃる事の意味が判りません」

「怪獣予報官ともあろう方が……」

「怪獣省予報官です」

「どっちでもいいよ、この際。ええっと、何だっけ、そう死ぬのは一人で充分。つまり、機内で乗客が殺害されるという事実があれば良かったんだ。この剣31便に、世間の注目を向ける事ができればね」

「注目……ですか」

「国務長官の乗った飛行機内で殺人が起きた。その事実が伝われば、日本もアメリカも大騒ぎになる。隠そうとしても無駄だ。マスコミはすぐに嗅ぎつける。この機がロサンゼルスに到着する頃には、報道陣のカメラが列をなしているだろう」

「空港に報道関係者を並ばせるために、マット氏を殺したと？」

「違う、違うよ。予報官っていうけど、察しが悪いな」

スネを蹴りつけてやりたくなったが、ここで相手を怒らせても良い事はひとつもない。唇を嚙みしめ、岩戸は耐える。

「人間の相手は、あまり得手ではないもので」

「この飛行機はオトリなんだ」

「は？」

メイソンは隔離状態にある一等客室を指さした。

「あそこに、国務長官はいないんだ。乗ったと見せかけて、別の便でアメリカに向かっているんだ」

「ちょっと、待ってください……」

「世界の注目をこの機に向けさせ、その隙に、国務長官は安全にアメリカに渡る。マット・アノイはそのための哀れな生贄《いけにえ》にされたってわけさ」

「何を言ってるんだ、あんた」

岡田が割りこんで来た。

「長官がいないとか、そんな事あるわけがない。ボクは離陸してからもずっと、一等客室で彼といた」

メイソンは怯《ひる》んだ様子もない。

「政府側の人間の言う事が信じられるか。我々の要求は一つだ。一等客室の封鎖を解き、カイバラ国務長官と面会したい」

「そんな事、できるわけがないだろう。今は非常時だ。封鎖を解く権限を持つ者はごくわずかだ」

「できなくても、やってもらいたい」

そう言うメイソンの背後から、長身の白人男性が進み出た。

「何も知らされず、この機に乗せられた我々の身にもなって欲しい。ひょっとしたら、死体になってあそこに倒れているのは、自分だったのかもしれないんだ」

もう一人の男性――こちらはアジア系だ――も、控えめながらも、怒りの気持ちをこちらに投げてきた。

「このまま無事に帰国できるのか、我々は不安なんだ。着陸後も含め、身の安全を保証してもらいたいんだ」

メイソンは、できの悪い生徒を見る教授のような面持ちで言った。

「判っただろう？　何の落ち度もないのに、こんな目に遭わされているんだ。ひと目、国務長官に会うくらい、許されていいんじゃないか？」

「し、しかし……」

「もし、あの一等客室に長官がいるのなら、な」

岡田はすがるような目で岩戸を見る。もはや、彼に事態の収拾は不可能だ。

しかし、だからといって岩戸にも打開策はない。怪獣省の権限を以《もっ》てすれば、封鎖を解かせる事はできる。ただし、それは怪獣襲来という前提がなければ機能しない。たとえ目の前で殺人が行われていようと、怪獣省的に、今は平時なのだ。

岩戸は言った。

「ご要望にはそいかねる、そう答えたら、あなたがたはどうするつもりです？」

「乗員、あるいはあなたがたを人質に取り、彼らと直接交渉するしかありません」

「それは重罪ですよ」

「これは乗客の総意だ。あなたがたはまだ判っていないようだが、我々は怒っているんだよ」

メイソンの言葉に誇張も偽りもない事は、既に判っていた。

さらに無差別殺人云々《うんぬん》はともかく、当機を囮として活用し、国務長官は別便で帰国する。それはなかなか良い手であったし、可能性としては検討の余地がある。

だが長官側が交渉に応じるとは思えない。彼らは絶対に封鎖は解かないし、人質を取って交渉を求めても無視するだろう。武力でもって封鎖を解除させようとすれば、彼らは容赦なく相手を拘束、場合によっては殺害をも辞さないに違いない。

どうするのよ、船村さん。

心の内で何度も繰り返した呪いの言葉を吐く。まったくこんな目に遭っているのはすべて、あいつのせいなのだ。

ギャリーの向こう、封鎖扉のあたりで、プシュッと空気の抜けるような音がした。黒い隔壁が、せり上がってきた時と同様、無音で床に収納されていく。

岩戸も含め二等にいた全員が、唖然《あぜん》としてその様子を見つめていた。

姿を見せたのは、バーニー・T《トモユキ》・カイバラその人だ。皆の視線に臆する様子もなく、堂々と胸を張り、二等客室に足を踏み入れた。屈強なSPたちは、姿を見せない。

カイバラは岩戸や岡田たちに軽く頭を下げると、立ち尽くしているメイソンたちに、柔らかな口調で話しかけた。

「こちらの様子は、逐次、向こうで見ていました」

カメラとマイクが、どこかに仕掛けられているらしい。

カイバラは続ける。

「今回の出来事には、まったく言葉もありません。マット・アノイさん……何と気の毒な」

芝居がかった言いようではあるが、不快には聞こえない。

「一等客室の封鎖を解くには、煩雑な手続きが必要です。警備主任には随分と止められたのだが、皆さんのやり取りを聞いては、じっとしているわけにもいきません」

彼は両腕を広げ、ステージの上にでもいるかのように、メイソンたちと相対した。

「私はバーニー・カイバラ。ここにいます。無論、本物です。悪名高いアメリカ政府でも、国務長官の偽物、日本ではこういう役割の人物の事を何とか言うんでしたね……そうカゲムシャだ。カゲムシャを仕立てるほど用心深いとは思わないでしょう?」

メイソンたちは、彼の堂々たる態度に呑まれていた。それは岡田も同じだ。

「どうです？　疑いは晴れましたか？　我々は、この不幸な事件とは無関係です。アメリカ政府が彼のボトルに毒を入れ、無差別殺人を試みたという事実もありません」

ここに至って、カイバラの目付きは鋭さを増し、メイソンたち三人を正面から睨みつけていた。

「もし疑いの余地があると言うのであれば、私を調べていただいて構わない。一等客室にも立ち入る許可もだそう。警備担当や秘書にもすべてを話すよう伝えておく。いかがかな」

メイソンはフルフルと首を横に振った。

「いえ、そこまでしていただかなくても……」

「納得してくれますか」

四人は首を縦に振った。

得心の笑みを振りまいたカイバラは、自然な動きで岩戸の前に立つ。

「怪獣省の方が乗っていてくれて、心強い限りです」

「いえ」

岩戸は背筋を伸ばし、答える。

「思いがけず、このような任を負わせてしまい、申し訳なく思っています。何とか、本国に到着するまで、ご尽力いただきたい」

「最善を尽くします」

「ありがとう」

カイバラは人を魅了して止まない笑みを残し、一等客室へと戻っていく。ギャリーと客室の境界線上には、二人の護衛が立ち、じっとこちらをうかがっていた。

カイバラはギャリーの前で立ち止まり、こちらを振り返った。

「これ以上、あなたの出番がないように、心から願っていますよ」

それは冗談なのか、何なのか。判断がつかぬ間に、カイバラの姿は消え、再び隔壁がせり上がって来た。

岩戸が体の力を抜き、「休め」の姿勢を取ったとき、メイソンたち四人の姿もまた、かき消えていた。三等に逃げ帰り、悄気《しょげ》かえっているのだろう。斜め後ろに座る岡田も同様で、がっくりとうなだれて動かない。ロサンゼルス到着まで、好きなだけ悄気ているといい。

疲労を覚え、岩戸はシートに体を埋《うず》めた。

じっくりと事件について考える暇もない。

あと四時間もすれば、新ロサンゼルス国際空港だ。せめてそれまで、ゆっくりと……。

シートベルト着用サインがつくと同時に、また激しい乱気流の揺れが来た。下から突き上げるような不快な力だ。ベルトを外していたため、前方へ体が放り上げられる。肘掛けを摑み、何とか耐える。一方の岡田はだらしなく通路へと投げだされていた。

揺れはすぐには収まらず、その後数分間、小刻みな揺れが不気味に続いたが、まもなくベルト着用は解除され、揺れも完全に納まった。

立ち上がった岡田が、腰をさすりながら岩戸の所へやって来る。

「酷い揺れですね。こんなことなら、天井からつり革でもぶら下げておいて欲しいですよ」

「気流がよくないから、サインが消えていても、ベルトをしていた方がよさそうね」

「腰、打っちゃいましたよ。まあ、トイレに行ってる時でなくて、良かったかな」

「トイレには、いざという時、つかまるためのバーが壁についている」

「ホントですか⁉」

「実際に見たわけじゃないけれど、機体解説の詳細に写真が載って……」

ふいに、岩戸を悩まし続けていた引っかかりの正体が摑めた。それは、まさしくイナズマのように、体の中を駆け抜けていく。

岩戸は通信機に飛びつくと、スリープ状態を解いた。

画面はすぐに立ち上がり、缶コーヒーをすする船村の顔が大映しになる。

「ずっと連絡を待っていたんだ。ただ、あまりに時間がかかるんで、ちょっと休憩を……」

船村は慌ててコーヒーを画面外に置いた。

「それで……」

「船村さん、この機をすぐ、日本に戻してください」

船村の顔に驚きはない。

「それはできなくはないが、それなりの理由がいる」

「一刻を争います。この時点で既に手遅れだと思います」

「君がそこまで慌てるのは……怪獣か？」

「はい。怪獣省第一予報官として、緊急避難措置命令を発します。対象は「剣31便」。直ちに進路変更し離陸地への帰還を命じます」

「ちょっと待ってくださいよ」

血相変えて割りこんできたのは、岡田である。

「日本に帰るだなんて、何を考えてるんですか!?」

「国交省のあなたに、口をだす権限はない」

「権限はないって、こんなムチャクチャ……」

岡田はモニターに向かった。

「飛斗副大臣を呼んでください。こんな事、許されるわけない！」

画面上の船村の脇から、すぐに飛斗が顔を見せた。顔色は悪く、表情も強ばっている。

岡田はそんな様子にも構わず、まくしたてた。

「副大臣、今から引き返すなんて、無茶です。何とか言ってください」

「岡田君、君の気持ちは判らんでもない。私とて、同じ気持ちだ。しかし……その……」

岩戸は怒鳴った。

「時間がない」

岩戸は端末に指定のコードを打ちこみ、応答を待つ。すぐに人工的な女性の声が応えた。

「岩戸正美第一予報官と確認」

「剣31便の進路変更。日本国内のいずれかに緊急着陸させせよ」

「了解」

ウィンドウがブラックアウトする。画面の向こうからは、船村と飛斗がこちらを睨んでいた。

岡田はポカンと口を開いたまま、岩戸を見ている。

「今のは何です？」

「怪獣省の通達だ。最優先で実行される」

「たった、あれだけで？」

岩戸がうなずくのと、機内に響くエンジン音が微《かす》かに揺らぎ、機体が傾《かし》いだ。

旋回が始まったのだ。進路を一八〇度変え、日本に向けて戻り始めた。

「え？　え？　そんな……。アメリカさんはどうなるんです？」

「怪獣省の通達に逆らう事はできない。たとえ、米国の国務長官であろうと」

「はぁ？」

一人慌てる岡田をよそに、画面の飛斗から声が飛んだ。

「説明、してもらえるかな。怪獣省に確認をとったが、現在、怪獣の出現が確認されている国は世界中に一つもない」

「出てこなければ、これほど嬉《うれ》しい事はありません」

「何だと？」

「怪獣省内の司令部と、直接通信できる回線を開きます。このままお待ちいただけますか」

飛斗の喚《わめ》き声が機内に轟《とどろ》いた。

「いい加減にしろ。どこまで我々を愚弄すれば気が済むのか。いいか、この件は土屋大臣に報告するからな。このような……」

飛斗の映る画面を最小にし、指令本部のウィンドウを立ち上げた。第二予報官の尾崎の顔が映る。

「司令部のスタンバイ、できています」

「索敵班に注意喚起を。あ、向こうのご機嫌を損ねない範囲で」

「すでに通達済みです。快く聞き入れてくれましたよ」

「どうかな」

この後、どんな結末を迎えるにせよ、嫌みの一つは覚悟しておくべきだろう。

「31便の正確な位置は？」

「ハワイ沖、一一一〇キロ地点を……」

アラーム音が聞こえた。岡田が手元にあるモニターを読み上げる。

「旧ハワイ島上空に反応あり。現在、解析中です」

岩戸は奥歯を嚙みしめる。想像は最悪の形で的中したらしい。

「どうした？　報告は？」

「ハワイ近海に滞留するガスは、あらゆる観測機器の透過を阻害します。索敵に時間がかかっています」

そんな事は判っている。判ってはいるが……。

尾崎の顔が赤く染まった。壁のライトが赤く明滅している。警報が出たのだ。

「ハワイ上空に飛行型怪獣を確認。種別等不明。現在、ゆっくりと旋回中」

やはりハワイ、スモーキング・アイランズか。もう少し、もう少し慎重になるべきだった。

「飛行型怪獣、東北東に向け飛行開始。時速一九六ノット」

モニター画面にハワイ近海の地図が表示された。怪獣は赤い点で表され、既にかなりの速度で移動を始めている。そして、その進む先には、剣31便を示す黄色い光点があった。

「怪獣、31便に向かっています」

「接触予想時刻は？」

「現時点では三時間五分後。しかし飛行怪獣、さらに速度を上げています」

「31便の新羽田到着時刻は？」

「現行速度で二時間四五分後」

——間に合わない。

「31便の機長と話をしたい。コクピットに行きたいところだが、一等客室が閉鎖状態で移動する事ができない」

「了解。機長から二等客室に連絡させます」

天井のスピーカーがザッと微かな音をたてた。

「こちら、機長の三上建明《たてあき》です」

「怪獣省第一予報官岩戸正美です」

「指示があれば、どうぞ」

機長の声はこれ以上ないというくらい、落ち着いていた。

「怪獣省通達、緊急事態につき、岩戸予報官が直接指示する。31便は六六六ノットへ増速。維持せよ」

「了解」

「高度は三三〇〇〇フィートを維持」

「了解」

「三分後に、正面コンソールのパネルに、怪獣省より指示されているコードを入力せよ」

「了解」

スピーカーが沈黙する。指示通りの作業を行っているのだろう。

三分後、三上の声が聞こえた。

「入力完了。パスワードを求めています」

「HAWK ONEと入力」

「了解。一つよろしいですか」

「どうぞ」

「燃料が新羽田まで保《も》ちません」

「承知の上です。八丈島なり、どこか直近の空港に降りる事になると思いますので」

「了解、以上」

剣の最高時速は六六六ノット。旅客機としては世界最速だ。それでも、怪獣の飛行能力を考えれば、まだまだ心許《こころもと》ない。

岩戸は一等客室の遮断壁を見る。この事態は国務長官たちにも伝わっているはずだ。しかし、一等客室に動きはない。

それは三等客室も同じだった。しんと静まり帰っている。乗務員たちが、何とかパニックを防いでくれているようだ。

岩戸はあらためてモニターに呼びかける。

「状況は？」

「飛行怪獣はなおも剣31便に向かって飛行中。滞留ガス塊を脱したので、まもなく衛星画像が出ます」

「怪獣の速度は？」

尾崎が答えるまでには、若干の間があった。

「五三〇ノット……」

尾崎が言い淀《よど》むのも無理はない。予想以上の速さだ。

「映像、出ます」

ウィンドウに衛星からの画像が表示された。地上を俯瞰で捉えた、いわゆる「神の視点画像」だ。

画像が粗く、確定は困難だが、金属的な光をたたえる黒褐色の羽、一〇メートルを超える特徴的な嘴――。

「鮮明な画像は？」

「解析中です。いま、だします」

ぼんやりとしていた怪獣の輪郭が、引き締まる。体を覆う羽毛状の凹凸もくっきりと現れている。

「形状等から見て、クロウウィンガーに間違いはない。殲滅班の班長と話せるか？」

「第三班が待機中です。海江田班長と繋《つな》ぎますが、音声通話のみになります」

「充分だ。頼む」

今回も海江田か。思わず安堵のため息が漏れた。

「海江田だ。飛行怪獣の画像は受け取った」

スピーカーから、聞き慣れた太い声が響く。

「識別が完了するまで、殲滅班への移行は待ちたい。どうか？」

「こちらは構わない。その間の迎撃指示は予報班主導で行うと理解して良いか」

「そうさせてもらいたい。現在の速度でいけば、当機はヤツから逃げ切れる」

絶妙とも言えるタイミングで尾崎の声が割りこんで来た。

「クロウウィンガーさらに増速──」

黙りこんだ尾崎に、岩戸は苛立ちをぶつける。

「報告はどうした？　第二予報官！」

「八七七ノット……です」

過去に観測されたクロウウィンガーの最高速度は五八九ノット。体格などから、それを超える速度もだせるとの予想もあったが、まさかこれほどとは。

「さらに増速中。このままですと、31便との接触までおよそ一時間」

今度は海江田の声が入る。

「公海上にある攻撃用ミサイルブイにはすべて火を入れてある。いつでも撃てる」

UN15便対応時の記憶がよみがえる。ブイの装備はほとんどが粗悪なアメリカ製サターンHXだ。撃ったとしても、クロウウィンガーならばかわされる恐れが高い。誤射の恐れも充分にあり、下手をすると、31便に向かってきかねない。

こちらの沈黙の意味は理解したのだろう。海江田が続けた。

「UN15便の経験を踏まえ、日本近海のブイは、オーストラリア製のSV-三〇〇に変更した。命中精度は向上しているので、高速飛行中のクロウウィンガーにも充分対応可能だ」

「その情報、初耳だな」

「秘匿事項だったんだ。オレも今日知った」

アメリカの面子を考慮し、発表の時機を探っていた――そんなところか。

しかし、これは朗報だ。SV-三〇〇ならば、ヤツを仕留められる確率は上がる。まだ怪獣との距離は充分あるので、爆発の巻き添えを食らう恐れもない。

海江田が言った。

「指示があれば、最寄りの攻撃ブイより発射できる。二分二十秒後」

「待って。その前に確認したい事がある」

「何だ?」

画面を尾崎へと切り替える。

「31便をスキャンできるか?」

「観測ブイで行います。二十秒、待ってください」

待つ間、岩戸は岡田の様子をうかがう。ふて腐れた様子で、岩戸とわざと距離を置き、二等客室の一番後ろの席に座っていた。足を組み、俯《うつむ》いているため、表情まではうかがえない。

「スキャン終わりました」

尾崎の眉間には皺《しわ》が刻まれていた。

「どうかしたのか?」

「民間航空機が通信に使う周波数は一一八メガヘルツから一三六……」

「結論を早く！」

「31便からごく微弱な電波が出ています。五十二・七七ヘルツ。クジラの歌と呼ばれる周波数に近いのですが……」

「クロウウィンガーが、微弱な電波を放出しているとの報告がある」

「ええ。当初は視覚、聴覚が衰えているため、その電波によって方角等を判断していると考えられていました。ただ、その後の研究で視覚、聴覚はかなり優れており、電波に頼る必要はないと……」

「その研究結果なら知っている」

「すみません」

「では、何のための電波だ？」

「それはまだ結論が出ていなかったかと」

「クロウウィンガーがだしている電波の周波数を知っているか？」

「えぇっと、何かで読んだ事が……たしか、クジラの……え⁉」

「五十一・三ヘルツから五十三・八五ヘルツの間」

「つまり、31便から出ている微弱な電波の範囲内って事ですね」

「その電波は誘引、同種族が近くにいる事を報せるための、ある種のフェロモンのようなものだとしたら」

「クロウウィンガーはもともと、二羽から三羽の群れを作って飛ぶ事が多いとされてきました」

「近年は個体数が減り、群れを作る事もできなくなったがな。以前はそうだったんだ」

飛行怪獣は今もなお、一直線に31便へと向かってきている。

「嫌な予感が当たった。やはり、これは罠《わな》だ」

「え!?」

海江田の声が割りこんで来た。

「準備完了。SV－三〇〇を発射する」

「発射は中止だ」

「何？」

「作戦の指揮権限は予報班にある。発射は中止」

「了解した。理由を聞いてもいいか」

「SV－三〇〇はなぜ、クロウウィンガーを追尾できる？」

「ヤッらが発している微弱な電波を追尾するからだ。五十一・三ヘルツから五十三・八五ヘルツの……」

「それと同じ周波数の電波が、当機から発信されている」

「何だと⁉」

海江田が声を張り上げるのは珍しい。

「SV–三〇〇は迎撃には使えないという事か」

「今回に限ってはそうだ。別な手を考えなければ」

31便と飛行怪獣の間隔は狭まりつつある。サターンHXを急遽《きゆうきよ》使用するにしても、誤射になる可能性は捨てきれない。

「手動で発射誘導するのはどうか？」

岩戸の問いに、海江田の答えはにべもないものだった。

「不可能ではないが、時間がかかる。その辺に関しては、おまえも判っているはずだ」

「ダメ元で提案してみたの。何か妙案があるかと期待して」

「妙案があるのなら、もうやっている」

その通りだろう。海江田はそういう男だ。彼が作戦の展開を見通せないのであれば、それは現時点では殲滅不能を意味する。

岩戸は尾崎にきいた。

「クロウウィンガーの速度は」

「九〇〇ノット。31便との接触まで四十分」

「最寄りの着陸地点への所要時間は？」

「八丈島殲滅特区への着陸となりますが、所要時間は一時間五十分」

ダメだ……。

海江田からの通信が入った。

「前回の殲滅戦でクロウウィンガーに対し有効であった対怪獣用電子欺瞞紙の使用を決定。現在、攻撃機に搭載中。欺瞞紙によって31便からクロウウィンガーを引き離す」

「電子欺瞞紙の有用性については、疑問がある」

岩戸は言った。尾崎は「えっ」と声を上げたが、海江田は冷静だった。

「前回の使用で効果があったにも関わらずか？」

「クロウウィンガーの進行速度を落とす効果はあった。だが、欺瞞紙によってヤツが31便から遠ざかるのかは疑問だ」

「UN15便はクロウウィンガーを振り切り着陸している」

「それはUN15便から発信されていた電波が切れたからではないか？」

海江田は数秒沈黙した後、画面の向こうでうなずいた。

「状況の類似を考えると、その疑いも持つべきだったな」

別ウィンドウの尾崎も会話に加わった。

「つまり、先日のUN15便にも電波を発する何かが持ちこまれ、クロウウィンガーはそれに反応し15便を追ったと？」

「そうだ。クロウウィンガーの出現ポイントは詳細不明となっているが、あの個体も今回と同じ、スモーキング・アイランズから出たのではないか」

「可能性としてはありますが……」

海江田が言った。

「UN15便に発信器を持ちこんだ者がいるとして、その者はどうやってスモーキング・アイランズにクロウウィンガーが生息している事を知った？　そんな事をする目的は？」

「スモーキング・アイランズについては、私も判らない。ただ、UN15便を怪獣に襲わせた理由については、一つ、思い当たる事がある」

「何だ？」

「実験ではないか」

「何？」

「電波誘引によって、剣31便をハワイ上空でクロウウィンガーの餌食にする。その企《たくら》みが上手くいくかどうか、UN15便で実験をした。私はその可能性を考えている」

「それは……」

「さすが、岩戸予報官」

新たなウィンドウが現れ、船村の顔が映しだされた。端末の画面はまさにオールスターキャストだ。

「会話だけはずっと聞いていました。実験、なるほどねぇ」

岩戸は思わず画面を拳で叩いていた。

「白々しい事を言わないでください。予想していたんでしょう？　だから、私をこの機に乗せた」

船村はヘラヘラと笑いながら、照れたように顔を伏せる。

「そんなわけないでしょう。カイバラ国務長官の身の安全が第一。万が一を考えて、あなたに声をかけましたが、そんな……」

飛斗や岡田の手前とはいえ、平然と嘘《うそ》をつけるこの男に、岩戸の苛立ちは募った。

飛斗が船村を突き飛ばすようにして、画面に割りこんできた。

「それで、これからどうするんだ？」

「まずは、電波の発信源を特定したい。尾崎予報官、できそうか」

尾崎の表情がすべてを物語っていた。

「機体外部に、あらかじめ設置されていた可能性が高いです。これだけの出力だと、ポケットに入れて、というわけにはいきません。荷物検査等でひっかかるはずです」

「整備士か何かに化け、あらかじめ機外に設置したのか」

「強力な磁力で機体にはりつけるか、出発間際に車輪周りに設置するか。事前準備と組織力があれば、不可能ではありません」

飛斗が眉間に皺を寄せつつ言った。

「離陸前、一応のスキャンは行うわけだろう？　その時、なぜ電波をキャッチできなかったんだ？」

その件については、岩戸も考えていた。

「離陸後に発信を始めたのだと思います」

「機体外部に発信器を取りつけたとして、地上からそれを起動させる事なんてできるのか？　相手は、かなりの高度を飛行中なんだぞ」

「難しいでしょう」

「では、あらかじめタイマーをセットしておいたか、高度計に連動させたとか？」

「できたとしても、確実性に欠けます。発信器の作動は、ハワイ諸島への接近と連動させる必要があります」

「となると……」

「機内にそれを行った者がいるという事です」

「乗客の誰かが、リモートで発信器を起動させたわけか。しかしそれでは、その役目を果たした人物も生きては帰れない」

「そういう考えを持った組織なのでしょうな」

船村は事もなげに言い切った。

「それだけに恐ろしいんです。命を捨ててかかって来るヤツと張り合うのは、並大抵じゃない」

岩戸以外は気づいていなかったが、船村の目つきは、既に公安のそれに変わっていた。

「徹底的な機内捜索をして、発信器を探す手もありだが、それは無駄だろうな」

岩戸はうなずく。

「恐らく。いずれにせよ、あまりにも時間がありません」

「だがスイッチは？」

船村が言った。

「小型にする事は可能だが、やはり搭乗前の検査で見つかるだろう。日本の検査は世界最強クラスだから。そうですよね、飛斗副大臣」

飛斗は重々しくうなずいた。岩戸は続ける。

「確かに、その問題は残ります。グリーニーのようなごく微量の毒物なら持ちこみは可能かもしれませんが、起動用の器物となると……」

船村はため息をつき、頭をぺしゃりと叩く。

「やれやれ。発信器の設置場所が判らなければ、除去、停止はできないわけか。となると……どうなるのかな、予報官？」

「クロウウィンガー接触まであと約三十分。追いつかれるまでは、何もする事がありません」

「ええっと、まさかそれは、あきらめたって事かい？」

「とんでもない。指揮権はまだ予報班にありますし、殲滅班にもまだまだ動いてもらいます」

海江田のウィンドウは既に閉じていた。今の発言を聞かれたら、また嫌みの雨が降ってくる。

「それはそうと、岩戸予報官」

飛斗が言った。

「忘れないでもらいたい。31便の危機は本来、国交省の管轄だ」

「ですが、怪獣殲滅の指揮権は……」

「判っている。口だしはしないよ。ただ、こちらとしては、理由が知りたいのだ。いったい誰が、何の目的で、31便を狙うのか」

飛斗の声を聞き、岡田が近づいて来た。顔色は青く、やつれてもいる。

「副大臣、お役に立てず、申し訳ありません」

飛斗は憔悴《しょうすい》した岡田を見て眉を顰《ひそ》めたが、すぐに包容力のある上司に自らを切り替えた。

「君が謝る必要はない。相手は怪獣だ。君は岩戸予報官と協力し、31便の安全を図ってくれたまえ」

「はい」

白々しくも聞こえる飛斗の激励は、案の定、岡田には響かなかったようだ。冴えない顔付きのまま、彼はモニター前を離れ、すぐ傍《そば》のシートに座りこむ。

「接触まで、あと十五分です。状況に変化なし。殲滅班からも連絡はありません」

「了解した。それから飛斗副大臣、先ほどの質問ですが……」

「質問？　えっと、何だったか」

「誰が何の目的で31便を狙うのか」

「あぁ、そうだった。君はこの状況をどう見る？」

「私より船村捜査官におたずねになった方がよろしいかと」

「ん？」

副大臣は横の船村を見る。船村は照れ隠しのように俯くと、「やれやれ」とつぶやく。

「船村捜査官、君には、何か考えが？」

「考えがと言うか、答えは明らかですよ。飛斗副大臣だって、おおよその見当はついているはずだ」

「いいから、さっさと聞かせろ」

「それがもし外れていた時、責任を取らされたくない。ただ、それだけでしょう」

図星のようだった。咳払いをしたまま、飛斗は黙りこむ。

船村は微笑みながら続けた。

「そうした損な役回りは、常に私のところに回ってくるようできてるんですなぁ。窓際部署の辛《つら》いところです」

岩戸は尾崎を呼びだし、言った。

「殲滅班と情報を共有。殲滅手段は海江田班長に一任する」

「了解」

「それから、三上機長にもう一度連絡を。岩戸から直接伝えたい事があると」

「了解」

すぐに天井のスピーカーから機長の声が聞こえた。

「三上です」

「数分後に、背後よりクロウウィンガーが急接近する。衝突コースを進行してくるが、回避行動は取るな。現状を維持せよ」

答えがない。

「三上機長?」

「……了解」

「極力、高度も変えるな。燃料が保たない可能性は百も承知だ。とにかく、機体を安定させ、最高速度で飛び続けろ。指示は以上」

「了解」

機内に沈黙が下りる。低いエンジン音と、岡田の震えによってシートが軋《きし》む微かな金属音だけが響いていた。

飛斗の控えめな声が聞こえた。

「怪獣省通達に国交省が異議を挟む権限がない事は承知している。しかし、私にはあなたの指示が自殺行為にしか聞こえない」

「とんでもない。その逆です」

尾崎がやや上ずった声で報告してきた。

「ホークシステム作動を確認しました」

「何だ、そのホークシステムというのは」

飛斗が横の船村に嚙みついている。

「私は何も知りませんよ。警察庁の捜査官なんですから」

いや、彼ならとっくに知っていてもおかしくはない。船村の正体を知る岩戸は思う。

「クロウウィンガー、接触まで二分」

「尾崎予報官、結果の如何《いかん》を問わず、収集できたデータはすみやかに本部に送れ。第一予報官が指揮不能となった場合は、尾崎第二予報官に権限を移譲する」

「了解。あと一分」

剣31便とクロウウィンガーの位置を示すマップを拡大する。

黄色と赤色、二つの点は既に重なっていた。

「距離三〇〇〇」

衝撃波の威力などから計算して、許容できる接近範囲は四〇〇メートルが限度だろう。

「距離二〇〇〇、一五〇〇」

ダメだ。速すぎる。額から吹き出た汗が目に入り、ヒリヒリと痛む。

「一二〇〇！」

岩戸は目を閉じた。

「クロウウィンガー減速、距離一〇〇〇」

岩戸は二等客室最後部の窓に走った。

「距離六〇〇」

強化ガラスに顔を擦《こす》り付け、機体後部をうかがう。

「距離五〇〇」

翼が邪魔をして、視界はきかないが、後方にちらりと黒いものがうかがえた。クロウウィンガーの羽根先だろう。

「距離四五〇、クロウウィンガーさらに減速。七〇〇……いや、六六六ノット！」

31便と同速だ。岩戸は思わず拳で窓を叩いた。

ギリギリではあるが、成功だ。

岡田が真っ青な顔で、岩戸に尋ねた。

「いったい、何が起きたんです？」

「何者かが、この機にクロウウィンガーを誘引するための電波発信器を持ちこんだ。それと同じ発想だ」

「おっしゃる意味が判りません」

「剣の機体外部には、発信器が設置されている。両翼、尾翼と機体最後部にそれぞれ四つだ。

現在それらから、クロウウィンガーと同種の電波を発信している。ホークワンというのは、そのコードだ」

「それが、怪獣に対してどう作用すると？」

「我々のすぐ後ろを飛んでいるクロウウィンガーは、31便を仲間だと思っている」

「へ？」

「同種族が前を飛んでいる。そう思いこんでいるんだ。彼らが編隊を組み飛行する姿は、かつてよく見られたらしい。数少ない収集データを元に、怪獣省の科学班が分析、二十年かけて発信器を作り上げた」

「それを、航空機に搭載した……」

「極秘のプロジェクトだった。あくまで、万が一に備えた保険的な装備だったが、まさか、運用開始後、すぐに使うハメになろうとは」

岩戸は再度、モニターを確認する。31便とクロウウィンガーの距離はぴったり四五〇メートル。そして、二つの光点の進行速度は一致していた。

「問題は、いつまでヤツを欺し通せるかだ」

「このまま着陸までずっととは、いかないんですか？」

「こちらは金属の塊なんだ。時間が経てば、向こうだってさすがに気づく。発信器の出力もどれくらいもつか」

「そんな……」

「とはいえ、十分は大丈夫だろう」

「たった十分⁉」

「今の我々に十分は貴重だ」

「いや、さすがですなぁ」

声を上げたのは、モニターの中の船村だった。

「発信器を航空機に。我々、特別捜査室もまったく掴んでいない情報だった。やられたなぁ」

その横では、飛斗が目をつり上げていた。

「我々の知らぬ間に、そんなものを取りつけるなど、言語道断だ。断固、抗議する」

「飛斗副大臣、それは、怪獣省土屋大臣にお願いします。私に言われても、困ります。そんな事より、さきほどの答えをまだ聞いていません。船村捜査官、今回の事態の黒幕は誰だとお考えなのですか？」

船村の目に、冷たい光が宿る。

「アメリカの反政府勢力の仕業でしょうなぁ。狙いは、カイバラ国務長官の暗殺」

「ですが、どうしてこんな大がかりな事を？　暗殺ならば、ほかにいくらでも……」

「要人暗殺は、殺せばいいわけではない。最も効果的な場所、時間に殺害してこそ、最大の効果を発揮する」

「剣に搭乗している、いまこの時が、最適だと言うんですか？」

「カイバラ氏は日本贔屓《びいき》だ。アメリカ国内で日本の人気は低い。いや、それどころか、日本を叩けば支持率が上がるくらいの嫌われ者だ。そんな中、カイバラ氏は対怪獣防衛の分野で日本と手を組もうとしている。それを許せない者たちがいるのだろう。もし彼が、日本の航空機に搭乗中、怪獣に撃墜されたら、どうなると思う？」

「日本贔屓であったカイバラ氏陣営に大打撃を与え、今まで日本に親和的であった人々の意識を変える事もできる」

「良い事ずくめなんだよ。やや不謹慎な言い方になるけれどね」

「だが……」

口を挟んできたのは、飛斗だ。

「相手は怪獣だ。そんな上手い具合に操る事などできないだろう」

岩戸は答える。

「ポイントはハワイ諸島周辺にあると考えます」

「スモーキング・アイランドか」

「これは仮定ですが、アメリカ側は既にハワイ諸島の被害実態を摑んでいるのではないでしょうか。そうでありながら、他国が観測不能であるのをいいことに、秘匿し続けている」

珍しく、岩戸の意見に飛斗がうなずいた。

「あり得る事だ」

「観測不能域には、クロウウィンガーの巣があり、同時に研究施設も存在しているのではないかと」

船村もまたうなずいた。

「考えたくない事だが、あり得る。つまり、アメリカは怪獣の兵器利用に乗りだしているってわけだ」

「クロウウィンガーは出現回数も多く、対処法もほぼ確立されています。ただ、空中で爆散させて殲滅してしまうため、個体の研究は進んでいなかった。巣が見つかれば、即座に爆撃して殲滅対応をしますから」

「人の居住が不可能となったハワイ諸島で、クロウウィンガーの巣が見つかった。アメリカは観測不能地域を利用し、徹底した分析研究を行い、誘引電波の生成などの技術を開発——」

「飛行怪獣を操れるとなれば、各国の制空権紛争にも大きな影響力を持つ事ができます。また、今回のように怪獣災害を装った要人暗殺も」

「言わんこっちゃない！」

飛斗は歯を噛みしめながら、拳を振り上げる。

「だから、旅客輸送航空の再開は時期尚早だと、反対してきたんだ。それを、怪獣省の土屋が……」

岩戸は怒鳴る。

「そんな事はどうでもいい。今は、31便をどう救うかに集中すべきだ」

電波の効力は今のところ、問題なく作用しているようだった。

「岩戸予報官、悪い報せです」

三上機長の声が響いた。

「これ以上悪くなるというのなら、よほどの事なんでしょうね」

「気流の状態が悪く、機体維持が難しい……」

既に小刻みな揺れが起きていた。もうシートベルト着用サインが点灯する事もない。立っていられないほどの縦揺れが二度、続けざまにきた。モニターが大きく揺れ、各シートのテーブル上に残されていたものが、雪崩のように床へと落ちる。

肘掛けを握りしめ、岩戸は懸命にモニター画面を注視する。

揺れが小刻みなものへと変わっていく。機体は無事だ。

「クロウウィンガーは？　ヤツは……」

尾崎に向けた問いは、そのまま口の中で消えていった。

左手の窓の向こうに、巨大な黒い影があった。鉛のように黒光りする羽、太陽光を反射し美しく輝く嘴。そして燃えるように赤く、不気味に明滅する巨大な目玉。

クロウウィンガーだ。31便の真横を飛行している。互いの距離は、目視では判断できない。

そのくらい、怪獣の姿は巨大だった。

「尾崎予報官、現状を把握しているか？」

「はい。クロウウィンガーが31便の側面に移動。互いの距離は……三六二メートル」

近すぎる。気流などの影響も受けず、31便が無事に飛行できているのは、奇跡なのかもしれない。

いや、違う。クロウウィンガーだ。怪獣がこちらに影響が出ぬよう、工夫して飛んでくれているのだ。

「どういう事だ？　ホークワンの効果は側面にまで届かない」

「誘引電波の影響かもしれません。クロウウィンガーはその電波に惹《ひ》かれ、31便から離れないのかも」

「ひとまず、31便は現状を維持。このまま八丈島へと向かう」

三等客室は乗務員によって、すべての窓にブラインドが下ろされている。彼らがもし、ひと目でも外をのぞけば、パニックを起こすに違いない。岩戸自身、窓外に広がる光景に、穏やかではいられなかった。

それでも……

窓に近づき、並行して飛ぶ巨大怪獣の姿を見つめる。羽の上部には、鋭い爪を持った退化した手を確認できる。固い羽と羽の間からは、赤黒い肉が見えた。羽というヨロイに守られているため、体自体にさほどの強靱性《きょうじんせい》はないのかもしれない。

ここまで怪獣に接近したのは、怪獣ザムザゲラーの時以来だ。

写真を撮り、データをクラウドにアップロードしていく。怪獣省の科学技官や生態研究者たちが、今ごろ歓声を上げているだろう。

岡田の上ずった叫び声が聞こえた。

「あ、あんた、何をしてるんだ。こんなときに怪獣の写真なんか撮って……。オレたち、死ぬかもしれないんだぞ」

岩戸は構わず写真を撮り続ける。

「あんた……」

「私は死ぬとは思っていない。殲滅班を信じている。彼らなら、どうにかして、我々を救ってくれるはずだ」

「お、おかしいよ……あんた……」

クロウウィンガーの目は赤く光るばかりで、どこを見ているのかは定かでない。ただ、翼を動かす事もなく、31便と並行して滑空している。羽ばたき一つで、こちらは粉微塵になるだろう。

「岩戸予報官」

海江田の声だ。いま、誰よりも聞きたかった声。その思いが表に出ぬよう、大きく呼吸をした後、岩戸は答えた。

「状況は？」

「電子欺瞞紙《チャフ》を搭載した『飛燕』『月光』『雷電』は待機中。指示があればすぐに出撃し、十分でそちらと合流できる。ただし……」

「判っている。誘引電波がこれだけクロウウィンガーを惹きつけているという事は、現状況で電子欺瞞紙を使用しても、効果が薄い可能性がある。そうだろう？」

「その通りだ。UN15便の作戦行動で、電子欺瞞紙の効果が確認されたように思えるが、実のところ、前後数分のタイミングで、誘引電波の発信が停止された可能性がある」

岩戸も同意見だった。UN15便は実験だった。それを仕掛けたのがアメリカだったとして、クロウウィンガーがUN15便を撃墜してしまっては、都合が悪い。彼らの本当の目的はその後に飛ぶ剣31便だからだ。電波でクロウウィンガーを誘引する実験が成功した時点で、UN15便の役目は終わっていたのだ。

岩戸は自身の推理を海江田にぶつけてみた。

「ならば、UN15便の乗客の中に、犯人の一人が乗りこんでいて、電波のオン、オフを行っていたわけだ」

「そう考えるのが妥当だろう」

「となれば、31便にも犯人の一人が乗りこんでいるとは考えられないか」

「それはないだろう。UN15便と違い、31便は……」

珍しく海江田が言い淀んだ。

「はっきり言ってもらって構わない。犯人側の計画が成功すれば、31便は撃墜される。つまり、搭乗していた犯人も確実に死ぬ」

「死ぬと判っていて、乗りこむヤツがいるか？」

「それは判らない。いずれにせよ、頼みの電子欺瞞紙は使えないとみるべきだ。ならば、犯人を見つけ、電波の発信をオフにさせるしかない」

「それは良手とは言い難い。本当に搭乗していたとすれば、そいつは死を覚悟しているわけだ。

追い詰めれば何をするか判らんぞ」

「命がけで計画を遂行しようとするヤツだ。自棄を起こしたりはしないだろう」

「あのぅ、割りこんで申し訳ないんですがね」

船村だった。

「電波発信器のオン、オフだが、簡単には無理だと思う」

「その根拠は?」

「死んだマット・アノイだが、三ヶ月前、本国アメリカで足の手術を受けている。車の事故で左太ももに大けがを負ったらしい」

目の前が暗くなるのを覚えた。

「まさか……」

「その手術の際、左大腿部の血管にスイッチが仕込まれた可能性がある。血流が止まった瞬間に、スイッチが入るような仕掛けをほどこしたとすれば」

船村の声も冴えない。

「アメリカで確認をしたが、執刀医の一人が行方不明になっている。手術中の動画も確認したが、素人では正確なところは判らない。一応、専門家に確認を取らせてはいるが……」

確認が取れるころには、すべての結果が出ている。空中でバラバラになるか、無事に日本の土を踏んでいるか。

「マット殺しの動機は、それだったのね。クロウウィンガーをおびき寄せるため。船村さん、死体を機外に放りだすというのは？」

　このような場合にも関わらず、船村は声を上げて笑った。

「岩戸予報官なら、そう言うだろうと思っていたよ。でも、それはオススメできない。スイッチを捨てたとしても、誘引電波の発信が止まるかどうか判らない。仮に止まったとしても、クロウウィンガーの脅威は去らない。まずは抜本的な対策をたてる事が先決だ。もう一つ、今後、何が起きるか判らない。スイッチをここで手放してしまうのは、やはり危険だ」

　八方塞がりか。

　グオンと低い音が響いた。エンジン音ではない。同時に機体が右に傾いた。

　クロウウィンガーだ。ヤツが咆《ほ》え、こちらにちょっかいをだしてきたのだ。

　疑似効果をだす超音波の有効範囲からも外れ、ヤツは31便を疑い始めている。

　クロウウィンガーの敵意が、隔壁を通して伝わってきた。

　長年、怪獣と対峙《たいじ》してきた岩戸には判る。ヤツらの敵意が。

　海江田……。

「……伊達《だて》を使う」

モニターからの声に、反応が遅れた。

「何？」

「殲滅班班長海江田だ。八丈島殲滅特区より、伊達を発進させる」

「伊達って、新型の超音速機？　もう完成していたの？」

「九分通りは飛べる。開発局のヤツらはそう言っている」

「彼らの言う九分っていうのは、飛べば死ぬって事よ。そんな危険な代物に、誰を乗せようっていうの？」

「オレが乗る」

「班長が？　ダメ。何かあったら、損失が大きすぎる」

「31便が破壊される方が、損失はでかい」

「だからって……」

「議論している暇はない。作戦の指揮権はまだ予報班にある。第一予報官の許可がなければ、離陸はできない」

「音速でここに飛んできたとして、勝算はあるの？」

「なければ、こんな提案はしない」

それはそうだ。海江田とは、そういう男だ。

「了解した。離陸を許可する。それで、作戦の詳細は？」

「発進時、無線交信は許可されていない。切るぞ」

　モニター画面がブラックアウトする。

　手玉に取られたも同様だ。予報官としてのプライドが、苛立ちを募らせる。

　最前列に並んだウィンドウの中では、船村が何か言いたそうにニヤニヤしていた。

「船村捜査官、海江田班長の件には、あなたも一枚嚙んでいるのでしょうか」

「まさか。警察庁が何か言えば、それは越権だよ」

　公安のタヌキが何を言うか。飛斗たちの手前、彼の正体に言及するわけにもいかず、イライラは偏頭痛となって、岩戸を悩ませた。

　気流は安定し、不穏な動きをみせていたクロウウィンガーも今は落ち着いている。

　しかし、それもいつまでもつのか。

　日本本土に、「伊達」を示す青い光点が現れた。その後ろには「飛燕」「月光」「雷電」を現す光点もある。それらの中で、「伊達」のスピードは圧倒的だった。猛烈なスピードで、近づいてくる。

　ゴンと激しい横揺れがきた。乱気流とは違う、軽い揺れだ。

　窓の外に目をやると、クロウウィンガーが首をわずかに持ち上げ、こちらをうかがっていた。

警戒の動きだ。

甲高い、金属をこすり合わせるような叫びが、隔壁を通し三度、聞こえた。

スピーカーから、三上の声が響いた。

「怪獣の動きが妙です。ここで大きく羽ばたかれたら、終わりです。どうします？　距離を取りますか？」

「いや、そのままだ。コース、高度ともに現状維持」

「し、しかし……」

「下手に動けば、やられるぞ！」

怪獣相手には、何の保証もない。動いても、動かなくても、やられる時はやられる。

クロウウィンガーはこちらを威嚇するかのように、翼を上下に揺らした。たったそれだけの動きであっても、軽い衝撃波が31便全体を揺らす。

「予報官、旋回を、右旋回の指示を！」

今は、動くべきでない。経験からくる勘が、そう囁いていた。それでも、高度三三〇〇〇フィート上空で、これだけの近距離から怪獣の威嚇を受ける。その恐怖に、岩戸の手は震えていた。

「『伊達』到着まで、あと三分」

尾崎の声。どうする。イエス、ノー、機長にどう答える……？

クロウウィンガーが首を左右に振り、どこか落ち着かない様子を見せ始めた。まるで、何かを探しているかのようだ。

再び、三上の声が聞こえた。先までの冷静さはもはやない。悲鳴混じりの声だった。

「岩戸予報官！　やはり機を右に旋回させるべきです。このままでは、このままでは、怪獣と……」

「ダメだ。現状を維持せよ」

「し、しかし……」

「維持だ！」

槍《やり》のようなクロウウィンガーの嘴が、31便の機首をかすめていく。

ヤツは荒れている。すぐ傍にいる物がいったい何なのか、判らなくなっているのだ。

羽先についた巨大なかぎ爪が、太陽の光を受けて鈍く光る。爪先は、いつ31便の翼に食いこんでもおかしくない状態だった。

ダメか。岩戸が覚悟を決めた瞬間、クロウウィンガーの姿が消えた。巨大な黒い影がいなくなり、青い空がどこまでも広がっている。何が起きたのか、岩戸も瞬時には判断ができなかった。

尾崎の声で、我に返る。

「クロウウィンガー、高度を下げました。二九〇〇〇フィート」

岩戸は機長に向かって叫ぶ。

「機体旋回。怪獣からの回避行動を取れ！」

機体がゆらりと右に傾き、微かなGを感じた。

窓の向こうを流線型の銀色の機体が、横切っていった。いや、横切ったように見えた。超高速の「伊達」が、小さな窓越しに捉えられるはずがない。

それでも、岩戸には判っていた。「伊達」がクロウウィンガーを引き離し、自ら囮となって誘導している事を。

「何だ、何が起きたんです⁉」

岡田が呆然とした表情で、窓の外を見つめていた。

「か、怪獣がいない⁉」

「殲滅班班長海江田だ。『伊達』を以て、クロウウィンガーの誘導に成功。これより、殲滅作戦に移行する」

「了解。この報告を以て、作戦指揮権を予報班より殲滅班に移行する」

「海江田、了解」

「三上機長、最大速度で八丈島殲滅特区へ。受け入れ準備は整っている」

「了解……岩戸予報官、その、さきほどは、大変失礼しました」

「非常時です。お気になさらぬよう。記録にも残しません」

「感謝します」

受け答えをしながら、岩戸はモニター上に映しだされる、衛星からの動画を見つめていた。31便とクロウウィンガーの距離は既にかなり離れている。高速で飛ぶ「伊達」に向かい、クロウウィンガーも食らいついていった。その後方を、「飛燕」「月光」「雷電」の三機が静かに追随している。

背後から画面をのぞいていた岡田がつぶやいた。

「怪獣はなぜ、あの戦闘機を？」

「おそらく戦闘機には、この機に仕掛けられたものと同型の発信器がついている。クロウウィンガーはその誘引電波を追っているに違いない」

「同型って、そんなものをどうやって⁉」

「UN15便だ。あれが実験だったと仮定すれば、その機体にも、電波発信器が取りつけられていたはず。ねぇ？　船村さん」

モニター下の極小画面の中で、船村が手を振っていた。

「15便の機体はまだ八丈島に格納されていましたので、すぐに調査をさせました。すぐに見つかりましたよ。車輪のボルトの一つに、偽装され取りつけてあった。機械の構造と電波の周波数などを分析、同型のものを急ごしらえして、『伊達』に積んだわけです。岩戸予報官の推理があったればこそですよ」

岡田は傍のシートにヘナヘナと崩れ落ちた。

「そうか……そんな手が」

海江田の低い声がした。

「これより電波の発信を停止する。『伊達』が離脱後、『飛燕』『月光』『雷電』の三機にあっては、熱弾頭ミサイル攻撃を実施」

音のない映像だけなので、付近の空で何が起きているのかはっきりしない。

ただ、クロウウィンガーを追うカメラ画像から、「伊達」がフレームアウトし、変わって白い尾を引くミサイルが高速で着弾。クロウウィンガーが真っ白な光に包まれた。

「作戦終了。帰還する」

海江田のいつもと変わらぬ声がして、衛星からの動画が終了、続けて殲滅班管轄のウインドウも自動的に閉じた。残ったのは、仲良く並んだ船村と飛斗、それにホッとした表情を浮かべる尾崎が映る二つのウインドウだけになった。

「予報官、お疲れ様でした」

尾崎の声に促されるようにして、岩戸は言った。

「クロウウィンガー殲滅作戦終了。予報班各所も撤収始め」

「了解」

尾崎のウインドウも閉じられる。

31便がゆっくりと降下し始めたのが判る。速度もかなり落ちてきていた。あと二十分ほどで、八丈島だ。

岡田は席についたまま、ぼんやりと天井を見上げている。モニター内の飛斗も呆《ほう》けたような表情で、ぼんやりとカメラを見つめていた。

岩戸は船村に言った。

「三等客室から、メイソンを呼んでもらえませんか？　作戦は終了しましたし、もう私にはアレコレ言う権限はありません」

「私にもないよ」

「船村さんには、まだあるのでは？」

船村は困り顔のまま、鼻の頭を掻《か》く。

「まだ……やりますか？」

「当然でしょう。もっとも、本来ならここからは、あなたの管轄ですが」

「メイソンの件は了解です。着陸までは、あなたに任せますよ」

その言葉が終わらぬうちに、三等客室のカーテンの向こうから、メイソンが顔をのぞかせた。

「こっちに来いって、言われたんだけど……」

岩戸がこちらへ来るよう手招きした。メイソンはそわそわとした様子で、やって来た。

「ああ、そのぅ、危機は脱したと聞いたんだ。君……いや、あなたのおかげで」

「みんなのおかげよ。私だけの手柄じゃない」

「ボク……いや、私は、ただ、感謝の意を……」

「怪獣はいなくなったけれど、未解決の問題が一つ、残っている」

シーツに隠れたマットの遺体を指し示す。

「ああ。怪獣のせいで、すっかり忘れていたけど……」

「彼が殺害された理由は判った。彼の死がトリガーとなって、怪獣を誘引する電波発信器のスイッチがオンになる。問題は、誰がどうやって彼に毒を盛ったのか」

「ボクが毒を入れてないって事は、理解してくれているよな?」

岩戸はうなずき、岡田は横目で睨むだけだ。

「マット氏が封を開けてキャップを外した直後、乱気流で機体が揺れ、中身をこぼしたわね」

「ああ。けっこうな量が、オレにかかったよ。酷く冷たくてね」

「それで、あなたはトイレに行った」

「水がかかったズボンの状態を確認して、拭きたかったんだ。客室で脱ぐわけにもいかないだろう？」

「あなたがトイレに入っている時にも、乱気流で機体が酷く揺れたでしょう」

「あれには驚いた。突然、ガーンと来てね。ちょうど、ハンカチでズボンを拭いている時だった」

「怪我はなかった？」

「最初の一発目で壁に背中を打ちつけたけど、その後は、洗面台のところにあるバーに掴まって何とか耐えたよ」

「バーには片手で？」

「いや、両手で必死にしがみついた」

「その時、ハンカチはどうしていた？」

「とっさに口に咥《くわ》えて……あ！」

そう言ったメイソンの顔が青ざめていった。

「あ、あの毒は気化しないし、肌についたりしても大丈夫。ただ、口や鼻から体内に取りこむと、猛毒になる――そうだったよな」

「ええ」

「オレ、毒水を含んだハンカチを口に……！」

「落ち着いて、メイソン。死ぬなら、とっくに死んでいるはずよ」

岩戸はギャリー前に置かれたままとなっている岡田のバッグから、ビニール手袋を取りだす。

岡田が身を起こし、言った。

「あの、それはボクがやります」

「いえ、私がやる。あなたはそこにいて」

虚脱状態の岡田は、言われるがまま、力なくシートに身を落とす。

手袋をはめた岩戸は、メイソンに向かう。

「そのハンカチはどこ？」

メイソンはズボンのポケットを指さす。岩戸は手を突っこんだ。

「おい！」

メイソンは股をすぼめてモジモジするが、構わずハンカチを引っ張りだす。

そこに、同じくバッグからだした検査溶液をスポイトで数滴垂らした。

数秒待つが、変化はない。

メイソンは目を瞬《しばた》かせ、ハンカチを見つめた。

「毒があれば、青く変色するんだよな」

「でも、変化なし」

「どういう事だ？　時間が経って、毒性がなくなったとか？」

「いいえ。毒性はなくなっても、薬物の反応は現れるはず」

「でも、これ……」

「つまり、あなたにかかった水には、初めから毒は含まれていなかった事になる。だから、ハンカチを口に咥えても、平気だった」

「でも、ボトルの中には毒が。そうなんだろう？」

岩戸はうなずいた。

「ええ、確かに反応があった」

「じゃあ……」

「毒は、後から入れられた事になる」

岩戸は手袋のまま、マットが横たわる周辺の床を探った。彼が落としたボールペンが転がっている。手を伸ばし、慎重につまみ上げた。

「毒は水溶性。ごく微量で人は殺せる。例えば、ボールペンのインクに偽装して持ちこんだ事例もある」

岩戸はペンを掲げながら、岡田の方を向いた。

「そうよね、岡田君」

岡田はシートに沈みこんだまま、じっと前を見つめている。

岩戸は続けた。

「よく見ると、ボールペンのノッカーの部分に、細工した跡がある。極細の針が仕込まれていて、クリックすると指先に刺さる。そこから毒が入った。このくらい針が細ければ、刺された事にも気づかないか」

メイソンは怪訝《けげん》そうに岩戸と岡田を見比べながら、言う。

「待ってくれ。それならやっぱり、ボトル内に毒はなかったって事？」

岩戸はその問いには答えず、先を続けた。

「ペットボトルのキャップ周りにはビニールで固く封がしてある。マット氏はそれをボールペンのペン先で器用に破いていた。何度も飛行機を利用しているから、慣れていたのでしょう。その様子は、私も自席から見ている」

岡田がひょいと手を挙げて、言った。

「予報官、彼の質問に答えてあげたらどうです？」

「今、答えようとしていたところだ。毒はボールペンに仕込んであった。これを企てた者たちは、マット氏がボトルの封をとるとき、ボールペンを使う事を知っていた。そこでペンに毒物を仕込み、マット氏に注射する」

メイソンが両手を打ち鳴らす。

「そうか。彼はその後、ボトルに口をつけ昏倒《こんとう》する。傍目《はため》には水を飲んで倒れたように見える」

「その通り。では、なぜボトル内の水から毒物の反応が出たのか。それは、マット氏が死亡してから、何者かが入れたから。あの後、ボトルに近づいたり、触れたりしたのは、あなただけよね、岡田君」

岡田は青白い顔色のまま、力なく笑う。

「もう、否定する気力もない」

「あなたの計画はことごとく失敗した。せっかく、命までかけて実行しようとしたのにね」

岩戸はモニターに顔を向けた。

「いかがです？　船村捜査官？」

「お見事。やっぱり、あなたに乗っていただいてよかった」

「おかげで、寿命がかなり縮まりました」

「これは、どういう事なんだ⁉」

船村の横では、飛斗が金切り声を上げている。船村は笑みを浮かべたまま、冷たく言い放った。

「マット・アノイを殺したのは、あなたの部下だって事ですよ」

飛斗は口を半分開いたまま、懸命に状況を分析しているようだ。

「いや、しかし、どうして、岡田が？　だってこれは、国務長官を狙ったアメリカ反体制グループによるテロなんだろう？」

「岡田君が、そのグループに取りこまれていたとしたら？」

「いや、そんな……」

飛斗は画面越しに、岩戸とその後ろに座る岡田を睨む。一方の岡田は黙って、飛斗の視線を受け止めていた。

飛斗は岩戸に向かって吠《ほ》え立てた。

「私には納得できない。できるわけがない。怪獣を使ったテロが実際に行われた事については、認める。しかし、なぜマット・アノイなんだ？　どうして彼が機内で殺されねばならなかったのだ？」

着陸まであと十分ほど。岩戸はゆっくりと答えた。

「マット・アノイには何も後ろ暗い点はない。テログループとの関わりも出てきていない。恐らく彼は、今回の計画に利用された、不運な第三者なのだろう。そして、電波発信器のスイッチとして使われただけ」

飛斗は納得いかなげに首を振る。

「スイッチならば、ほかにいくらでもやりようがあったはずだ」

「日本の搭乗前検査は厳格だからねぇ。スイッチ一つとはいえ、なかなか持ちこめるものじゃない。体内に隠すのがベストだ」

「百歩譲って、君の言う事が正しいとして、いや、正しいのであればなおのこと、アノイの体内に隠したのは納得がいかない。私がその首謀者であるならば、岡田君の体内に隠す。誘引電波が放射され、怪獣に襲われれば、31便の乗客は全滅だ。岡田君がもともと死を覚悟して搭乗したのならば、自身がスイッチとなり、機内で服毒死するなりした方が理にかなってはいないか？」

「岡田君が真っ先に死んでしまったら、もし状況が変わった場合、対処できる者がいなくなってしまう。そう考えたのかもしれない」

「ではなぜ、殺人だったのだ？」

「というと？」

「どうせ全員死ぬと判っているのだ。妙な手数をかけ、毒殺する必要などないだろう。皆の見ている前で、殴り殺してもよかったはずだ。なぜ、そんな回りくどい事をした？」

船村が口を閉じたので、岩戸が代わって答えた。

「進路を変更するためです」

「何？」

「まだ推測の域を出ていませんが、クロウウィンガーは、ハワイ諸島に潜伏していた可能性が高い。31便は当初、新アンカレッジ空港に向かっていた。その航路だと、いかに誘引電波をだしたとしても、ハワイの怪獣にまでは届かない」

「ま、まさか、それで殺人事件をわざと起こしたと？」

「ええ。国務長官の乗機で殺人が起きた。これは一大事です。アメリカ側としても、万全の捜査態勢で臨もうとしたでしょう。であれば、新アンカレッジ空港では役不足。人材、機材がもっとも充実した新ロサンゼルス国際空港に向かおうとする。その予測は、事前にもたてられるはず……」

三上機長の声が割りこんできた。

「まもなく着陸態勢に入ります。ベルトの着用を」

ベルトを締めながら、岩戸は呆然としている飛斗に向かって言った。

「もし私が、機を引き返すよう命令しなければ、31便はもっとハワイ寄りの地点で葬り去られていたでしょう。怪獣によって」

「いつから気づいていたんだ？」

問うてきたのは、岡田だった。ベルトもしめず、ドロンと淀んだ目で、こちらを見ている。

「二度目の乱気流の時。ミスター・メイソンは、あの揺れの時、どうしていたんだろうか、と。だからすぐ、引き返すよう、命令したの」

岡田がうなだれたまま、小さくつぶやく。

「そうか……」

「着陸後、あなたには船村さんの尋問を受けてもらう。これだけの事を、あなた一人で計画できたはずはない。なぜ、日本人のあなたが、こんな事をしたのかも含め、喋《しゃべ》ってもらう事になる」

「それは、どうだろうか」

岡田の動きは信じられないほど、俊敏だった。岩戸の目には、岡田がふわりと宙に浮いたようにさえ見えた。椅子から立ち上がった彼は、通路を一足飛びに越え、メイソンの腕を払って突き飛ばした後、毒物保管用のケースに手を伸ばしていた。ケースの一番上には、マット・アノイを死に至らしめたペンがある。クリックすれば、毒針が指先を刺す。

岡田はペンを袋からだすと、まったく躊躇《ためら》いを見せず、右手でクリックした。

はっと息を詰めるメイソンの前で、岡田はペンを掲げたまま凍りついたように静止していた。

その顔に驚愕《きょうがく》の色が刻まれていく。

「なぜ……」

岩戸はポケットの中から、袋に入ったペンを取りだした。誤ってクリックしないよう、緩衝材で幾重にも巻いてある。

「あなたがどういう行動を取るか、予想していなかったとでも？」

「このペンはフェイクか」

「入れ替えておいたのよ。それは、怪獣省の官給品。後で返してもらう」

一等客室の隔壁が降りた。内側からカイバラのボディガードが銃を手に現われ、岡田に突きつける。

手錠がかけられたところで、カイバラが姿を見せた。

「ミズ・イワト、あなたの働きに、私はアメリカ合衆国を代表して……」

ドスンと大きな衝撃があった。着陸したのだ。

岩戸はカイバラの言葉を無視して、つぶやいた。

「飛行機には、もう二度と乗らない」

五

岩戸たちは、31便の八丈島着陸直後、一番最初に機から降りるよう言われた。国務長官よりも先にである。

ドアが外側から開けられ、物々しい顔つきの警察官二人が、後ろ手に拘束され、自殺防止のためか猿ぐつわまで嚙まされた岡田に手錠をかけた。二人とも一切、口を開かず、岩戸には、ついてくるよう顎をしゃくっただけだ。

無人の通路を歩き、分厚い鋼鉄製の扉を過ぎ、通されたのはコンクリート剝《む》きだしの地下室だった。天井には今どき珍しい蛍光灯が、淡い光を揺らしている。

ここが空港のどこなのか、これから何が起きるのか、岩戸はただ待つ事しかできなかった。

岡田を挟んで警察官二人が壁際に立ち、扉寄りに岩戸が立つ。外からは、飛行機の離着陸音も含め、何も聞こえてこない。

扉が開く重い金属音が響いたのは、どのくらい経ってからだろう。姿を見せたのは、飛斗と船村だった。

「お待たせした」

まず口を開いたのは、飛斗だ。

「まずは岩戸予報官、君の働きは見事だった。さすがだ。咄嗟《とっさ》の判断と推理で、計画を粉微塵にしてくれた。我々が懸命に立案、実行しようとした計画を」

飛斗は頬を強ばらせ、憎々しげに岩戸を睨む。それがどういう意味を持つのか、理解するのに数秒かかった。

「……あなたが、岡田のバックにいたわけですか、副大臣。いや、あなただけじゃない、国交省が後ろ盾だったんですね」

「その通り。すべては木田国交大臣を次期首相にするためのプロジェクトだった」

「なるほど」

船村はどこか悲しげな表情で、湿気の染みが浮き出た天井を見上げる。

「国交省は旅客輸送の再開には、反対だった。この件に関して世論は二分されていて、さらに、昨今では強権的な怪獣省への風当たりも強い」

「土屋怪獣大臣などを、総理にさせてはならない。ヤツが目指しているのは、権力集中による独裁だ」

「どうでしょうねぇ。怪獣省のやり方は、確かに強引なところもあるが、それによって怪獣をねじ伏せてきたのも事実だ」

「その結果がどうだ？　海岸線はコンクリートで固められ、許可なしでは家族旅行すらできない。怪獣殲滅の名目での強制退去や外出制限は日常茶飯事。これでまともな国と言えるのか」

岩戸は言った。

「その甲斐あって、国民は怪獣の恐怖から解放されつつある。他国の状況を見るがいい」

「我々は怪獣との戦いに勝利にしつつある。そろそろ怪獣防災一辺倒の政治ではなく、国民の幸せを第一に考えた……」

「甘い。怪獣の脅威は去ってはいない」

「ならばなぜ、旅客輸送再開を急ぐのだ？　怪獣の脅威が存在しているのなら、怪獣省こそが真っ先に反対すべきだ。それをしないのは、制空権だろう？　日本が世界に先駆けて、世界の空の主導権を握りたい。だから、だろう？　それこそが、土屋の野望だ」

それについて、岩戸は答えるべき言葉を持たなかった。政治は自分にとって関係のない問題だ。自分の任務は、ただ目の前の怪獣を倒す事。しかし飛斗は、こちらの微かな気持ちの揺らぎを見抜いたようだった。

「本心では、判っているのだろう？　君が所属する組織の危うさを」

「私は……」

それ以上、何も出てこない。

「ええっと……」

船村が頭をさすりながら、飛斗の前に立った。

「つまり、今回の31便の件、これは飛斗副大臣が中心となって計画し、実行した。そういう事でよろしいんですかね。それで、あそこにいる岡田氏は文字通り、決死隊となって飛行機に乗りこみ、自身の搭乗機を怪獣の餌食にしようとした」

人を見下した嫌な笑い方が、飛斗には似合う。

「そういう事だ。怪獣省が率先して進めていた航空旅客運送の再開。本格運用の直前、怪獣によって旅客機が飛行中に破壊された。しかも、それにはアメリカの国務長官が乗っていた。これは一大事だ。土屋大臣の更迭は免れない」

「総理大臣レースは、木田大臣一強に。国民世論は、怪獣省に批判的ですから、そこそこの支持も集めそうですな」

「日本を変えるんだ。もう怪獣危機は、終わったのだよ。我々は全てを変える」

「しかし、あなたがたの目論みは失敗した。ここにいる優秀な岩戸予報官のおかげで。実行犯も、拘束している。あなたが心配するのは日本の未来の事ではなく、ご自身の事ではないですかな」

飛斗に動揺は見られなかった。

「警察庁の窓際が、出過ぎた事を言うんじゃない。確かに、今回は失敗だ。だが、まだまだ終わらんよ」

「いや、あなたがたは終わりだ。これから、岡田氏を警察に引き渡します。その結果、首謀者があなたである事も……」

壁際に立つ警察官の一人が、岡田の背後に回り、手錠を外した。岡田は猿ぐつわを投げ捨てると、手首をさすりながら、憎しみに満ちた目で岩戸を睨んだ。

「すべてはこれからだ。オレがこの手で土屋を殺す。こんなまどろっこしい事をしなくても、最初からそうすれば良かったんだ」

どうやら、警察官二人は、もともと飛斗側の人間だったようだ。

飛斗は笑う。

「31便の一般乗客たちは、尋問の後、すみやかに帰国していただく。尋問の結果、問題があるようなら、気の毒だが、祖国の地を踏む事はないだろう。ああ、あのメイソンとかいう男はすぐに処理しないとな。そして当然……」

飛斗は警察官たちに目配せをする。

「君たち二人もだ」

「待った、待った」

船村が両手を高々と挙げ、言った。

「それは、困るんだ」

「おまえがどう困ろうと、我々の知った事ではない。ただ安心しろ。今すぐ、ここでは殺さない。然るべき場所に移動してもらってだな……」

「いや、その前に、あなたにどうしても見せなくちゃならんものがある。ポケットに手を入れさせてもらっても?」

「何を考えている?」

「何も。ただ、これを……ね?」

船村はゆっくりと上着の内ポケットに手を入れていく。警察官達二人も、無表情のまま、腰のホルスターに手を伸ばしつつあった。

飛斗が二人を止めた。

「見せろ。妙な真似をすれば、前言撤回だ。この場で射殺する」

船村が取りだしたのは、黒革の身分証だった。

「実を言うと、警察庁特別室というのは仮の名前でね。正式名称は、警察庁公安部怪獣防災法専任調査部。私はその筆頭捜査官だ」

飛斗の顔色が一変する。

「ぎぇぇ」

「どういう意味の悲鳴だ。飛斗副大臣。あんたがやった事は、一国の要人を狙ったテロだけではなく、完全な怪獣防災法違反。その結果がどうなるか、あんたなら、よく知ってるよな」

飛斗は口から唾を飛ばしながら、叫んだ。

「こいつを取り押さえろ。殺してもいい」

警察官二人が同時に躍りかかった。船村は身を翻し二人の突進をかわすと、一方の膝にかかとを蹴りこんだ。骨の砕ける嫌な音と、男の叫び声が同時に響き渡った。船村は相手の背後に回り、首に手をかけると、一切の躊躇いもみせず力をこめて捻《ひね》り上げた。男の頭があらぬ方向にねじ曲がり、白目を剝く。倒れかかる男の腰から銃を抜くと、船村はもう一人に向かって発砲、額のど真ん中を撃ち抜いた。狭く密閉された空間に凄《すさ》まじい銃声が轟く。こうなる事をある程度予測していた岩戸は、両手で耳を塞ぎ、聴力を奪われる事態を避けた。

岡田が射殺された警察官に駆け寄る。彼の銃が目的なのだ。船村は銃を構えたままゆっくりと歩み寄る。岡田が銃を抜こうとした瞬間、額にまだ熱を持っている銃口を突きつけた。皮膚の焦げる臭いが立ち昇り、岡田は歯を剝きだして痛みに耐えている。

「ここで殺してもいいが、おまえにはききたい事が残っていてね。うちの取調室でゆっくり聞きだしてやる。すべてを喋り終えたら、オレに目で合図をしろ。オレがこの手で殺してやるから」


船村の姿は、地の底から揺らぎ出た漆黒の死神のようだった。

壁際に立ち両手を高々と挙げた飛斗が、甲高い声で叫んだ。

「待ってくれ、取引しよう。すべて話す。だから、だから……」

「怪獣防災法に違反した場合、その場で射殺する事も許されている。関係各所の捜索、証拠品の押収に令状もいらない。あんたとお仲間がやろうとしていた事は、すぐに丸裸だ。関わった者は一人として逃げられない。何も知らず、電話を取り次いだだけの事務員に至るまでだ。だから、どっちでもいいんだ。ここで殺しても、取調室で殺しても」

船村は銃口を飛斗に向ける。

「さあ、どちらにしようか？」

第二部

赤か青か

一

「両怪獣は、ロシア領スベトラヤから日本海に入ったものと思われます」

装甲輸送指揮車の中で、大杉郷太《おおすぎごうた》は言った。太い眉を八の字にして、精一杯の困り顔を作っている。

「怪獣省国際局ロシア担当官が、『思われます』など、よく言えたものだ」

作り顔に頓着している暇はなかった。岩戸正美《いわとまさみ》は酷《ひど》く揺れる車内で、正面モニターに見入っている。

怪獣省予報班専用の移動指揮車であるトレーラーは、一路、青森県東津軽郡《ひがしつがるぐん》にある龍飛崎《たっぴざき》を目指して進んでいた。車内には予報官が座る三つのシート、怪獣の進路等を示す数々のモニター、通信機器などがぎっしりと詰めこまれている。シートに腰を下ろせば、ほとんど身動きもできない。メインモニターを真正面から捉えられる第一予報官席に岩戸、彼女と背中合わせに設置され、通信機器のほぼすべてが集約されている第二予報官席には尾崎《おざき》、そして、出入口脇の第三予報官用予備席に大杉が沈みこむようにして座っていた。顔色は青く、額には脂汗が浮いている。岩戸に叱責された事が原因ではない。車酔いだ。

国際局の情報を当てにしていたわけではないが、ここまで凡庸な人物が乗りこんでくるとは、思わなかった。

「大杉ロシア担当官、とりあえず、国際局が持っている情報をすべて、こちらに転送していただけないか」

大杉は大きく一度うなずくと、手にしたタブレット端末を操作し始めた。

「尾崎予報官」

「はい」

「酔い止めを持っているか？」

「いいえ」

「ポリ袋は？」

「いいえ」

岩戸の右手前には、赤いボタンが二つ並んでいる。緊急時、第二席、第三席を車外に強制射出する脱出ボタンだった。第一予報官にだけ、それを押す権限が与えられている。第三席のボタンを押したくてウズウズしている右手を、理性で何とか押しとどめる。

「国際局からの情報、来ました」

尾崎の声と共に、メインモニターに動きがあった。展開されたロシア近海の地図に二つの光点が現れる。二つはほぼ重なるくらいの距離で明滅している。

やがて地図が拡大され、光点の現在位置が示される。

スベトラヤ沖、二十キロ。光点は静止しているように見えたが、非常にゆっくりとした速度で、南東に移動しているとのデータが表示される。

「怪獣の画像、出ます」

サイドモニターに二つのウインドウが開く。右側に夜間の酷く粗い映像が出る。コンクリート製と思われる巨大な建造物を破壊しながら、赤いぼんやりとした物体が進んでいく。二足歩行で大きく巨大な腕が確認できる。長く太い尻尾もわずかであるが、映っていた。

「バーンクラスニーで間違いない」

ロシア周辺で頻繁に出現する大型怪獣だ。性格は極めて獰猛《どうもう》で、出現の度、甚大な被害を生む難敵だ。一方で、熱線などの特殊攻撃能力はなく、首の付け根が急所である事も既に判明している。戦闘機《ビートル》で急所をピンポイント攻撃すれば、数分で行動不能に陥らせる事は可能だ。

左のモニターにようやく反応があった。

暗い海に入ろうとする物体があった。全身を鮮やかな青い毛に被《おお》われ、形状は猿に近い。頭部は小さく、胴体にめり込んだようにも見える。腕は長く、指は五本だ。

「こっちはゴルドボーイ……」

動きが俊敏で力が強い。都心部への侵入を許すと手がつけられなくなる、要警戒の怪獣だった。

「この二体が、ほぼ同時にロシア国内に現れた。そういう事でいいの？」

大杉が自身の端末に目を落とし、確認をしてから、うなずいた。

「間違いありません。ただ、ロシア側の情報が錯綜していて……」

「怪獣が出た場合、どの国でもそうなる。その情報を取捨選択してこちらに寄越すのが、国際局の役目なのでは？」

「それは、おっしゃる通りなのですが」

度重なる怪獣災害によってソビエト連邦が崩壊、カオスの中からようやく立ち上がったロシア共和国は、怪獣対策の助言を日本に求めた。日本はソビエト時代の軋轢《あつれき》を水に流し、対怪獣兵器を供与、技術提供も惜しまなかった。以来、ロシアと日本は歩調を合わせ、世界の怪獣たちと闘ってきた。現在、ロシアとの関係は極めて良好であり、表向き、その状態は当面続くと考えられている。

にも関わらず、なぜ、ロシアからの情報収集にそれほど時間がかかるのか。

可能ならば、ロシア側の担当者と直接、対話したいくらいだ。

「大杉担当官！」

「ちょ、ちょっと待ってください。ロシア大使館からの通達があって……」

「大使館は関係ない。今は作戦行動中だ。無駄口は控えていただきたい」

「岩戸予報官、平田《ひらた》統制官より緊急通信です」

メインモニターに新たなウィンドウが開き、切れ長の目、美白でもしているのかと勘ぐりたくなるほどの白い肌、能面を思わせる平田嘉男《よしお》の顔が映しだされた。

「作戦中、申し訳ない、岩戸予報官」

能面の口から詫《わ》びの言葉が出るなんて。岩戸は嫌な予感に囚《とら》われる。大杉の狼狽《うろた》えよう、平田の登場。どこかで何かよからぬ事が進行しているに違いない。

その答えはすぐに出た。

「岩戸予報官、大杉担当官は現時刻をもって、直ちに指揮車から離脱する」

指揮車の速度を落とし緩やかに停車させる。ドアを開くと、大杉は逃げるように出て行った。

再び指揮車を発車させる。大杉は小雨交じりの高速道路に、一人、放りだされた格好だ。濡《ぬ》れそぼった哀れな姿が浮かび、すぐに消えた。

「統制官、では、ロシア側からの情報はどこから?」

「アレクサンドル・トリヤノフ駐日大使が行う」

「駐日大使閣下が、自らですか?」

「ロシア側からの要請だ。断る理由はない」

「理由をお尋ねしたい。なぜ、省の国際局担当官ではなく、日本国内トップのロシア駐日大使が出てくるのか」

「それは、当人から直接、ききたまえ」

平田からの通信は切れ、変わってまた別のウインドウが立ち上がる。そこに現れたのは、ブロンドの髪を整えた、細面の男だった。三十代前半のように見えるが、実際にはそれより遙《はる》かに上だろう。薄い唇には微《かす》かな笑みが浮かんでいるが、ブルーの目は一切の感情を冷たく排しており、人間性というものがまるで感じられない。

「岩戸正美第一予報官、アレクサンドル・トリヤノフだ」

完璧な日本語だった。

「作戦遂行中に申し訳ない。少々、複雑な事態が発生したため、私が直接、参加した方が良いと判断した」

「恐れ入ります大使閣下。現在、任務中でありますので、これ以上のご挨拶は控えさせていただきます」

「賢明だ。二体の怪獣は現在、海上にあるのだね？」

「六分前に海へと入りました。両個体とも潜行はせず、海上を進んでいます」

「二体とも水中での呼吸機能は持っていないと把握しているが」

「その通りです。従って、進行速度はさほど速くはありません」

「チィトゥィリがやや先行しているようだ。トゥリーとの距離は」

「閣下、ロシアでは、新年一月一日を起点として、怪獣の出現順に番号で呼称する事は承知しております。ですが、日本では個体名称を使用しておりますので……」

「ああ、すまない。無論、そちらのルールに従うつもりだ。という事は、トゥリーがバーンクラスニー。チィトゥィリがゴルドボーイ。合っているかな？」

「Это верно《その通りです》」

「ありがとう。だが、気遣いは無用だ。すべて日本語で構わない」

トリヤノフは淡々と続ける。機械人形が原稿を読んでいるようだ。

「失礼しました。閣下、そろそろ説明していただけますか。なぜ、本件に閣下自らが乗りだしてこられたのか」

「それについては、これから……」

「なぜ、ロシア領内で両怪獣を殲滅《せんめつ》できなかったのでしょうか？」

自身の発言を遮られても、トリヤノフの表情は変わらない。このやり取りは、怪獣省、外務省などでもモニターされているはずだ。皆が頭を抱えている事だろう。

岩戸は続けた。

「バーンクラスニーとゴルドボーイは、貴国領内に複数回出現しています。殲滅方法も確立されており、過去の事例から見ても、撃ちもらすとは考え難《がた》い。にも関わらず、今回、二体とも取り逃がし、海への離脱を許している。失礼を承知で申し上げるが、この点については疑念を覚えざるを得ません」

「我が国の怪獣殲滅チームは優秀だ。しかし、二体の怪獣がほぼ同時に出現したというミッションについては、ほぼ経験がない。初期行動の遅れにより、攻撃が後手に回った。大変な失態である事は承知している」

トリヤノフの青い目は、岩戸を捉えて離さない。

なるほど、怒りというのは、炎のように燃え上がるばかりではないのだ。氷のように冷たい、暗く凍えるような怒りもある――。

岩戸は口の端を緩め、わずかに歯をのぞかせて微笑む。

「それはあくまで、表向きの事。私がおききしたいのは、本当の理由です」

理由はどうあれ、怪獣二体を取り逃がし、あろうことか日本の領内に向かわせているのだ。

この落とし前はこの程度の屈辱で済ませはしない。

岩戸もまた、心静かに怒りをためこんでいた。

燃えもしない、凍えもしない。ただただ静かに広がっていく怒りもある。

トリヤノフは戸惑ったように目を伏せると、しばし口を閉じていた。岩戸の怒りが伝わったのだ。

「駐日大使閣下、ご説明を」

岩戸に促され、トリヤノフは顔を上げる。

「二大怪獣の出現で、初動が遅れたのは事実だ。しかし、その後の殲滅行動は、迅速的確なものであったと信じる。怪獣の出現場所がスベトラヤでなければ、今ごろ、彼らは地上から姿を消していただろう」

「スベトラヤは現在、居住民もほとんどなく、岩山と森が広がるだけの一帯と報告されていますが」

「スベトラヤ北にある森林の地下には、軍事基地があった。二十年前に閉鎖されたものだ」

岩戸は髪をかき上げた。首筋のあたりがヒリヒリする。よくない兆候だ。

「バーンクラスニーとゴルドボーイは、共に獰猛な性格だ。先も言ったように、不幸にして出現場所が近く、しかもほぼ同時に姿を現した。両者は互いに引かれ合い、闘いを始めた。スベトラヤの森林はほぼ壊滅し原型を留《とど》めていない」

「問題は、軍事基地なのですね」

「その通り。強固な地下基地とはいえ、甚大な被害を受けた。警備のため、二十五人の兵士が駐留していたが、半数以上が死んだ。そして……」

トリヤノフは再び、口を閉じた。

続く言葉を待つ間、岩戸は祈るようにそっと手を合わせる。

「貯蔵していた兵器にも損害が出た」

「……その兵器というのは？」

きくまでもない質問であったが、記録には残しておく必要があった。

「核だ。人類の最終兵器と言われながら、結局、怪獣に対しては無力だった。それどころか、使用すれば奴らの細胞組織に影響を及ぼし、より強大化させる……」

「それ以上の説明は無用です」

怪獣殲滅に関わる者にとって、「核兵器」はまさに禁忌とも言うべきものだ。

かつて、怪獣に対し限定的な核攻撃を行った国々があった。だがそれらの国は、核の直撃を受けながら生き延び、さらに凶悪化した怪獣たちによって蹂躙《じゅうりん》された。現在、地図上にそれらの国々はない。

一度、凶悪化した怪獣には、過去のデータはまったく通用せず、殲滅までには多くの犠牲と長い時間を要した。

そうした苦い経験を踏まえ、世界は核を葬り去った。怪獣という人類にとって最悪とも言える存在によって、人類長年の悲願であった核廃絶が達成されたのは、何とも皮肉な結末ではある。とはいえ、世界各地にはいまだ、廃棄されていない核が多く残っていた。各国は怪獣対策に疲弊し、核の廃棄という困難な作業にリソースを割く余裕もないのだ。

ロシアも例外ではない。広大な原野を持つロシアには数多くの地下基地があり、それらにはまだ無用の長物となった最終兵器が眠っている――。

岩戸は脳裏を過《よぎ》る最悪の事態を振り払い、モニターに目を戻す。

「それで、怪獣たちは、その兵器にどのような影響を？」

「兵器の一つが、体内にある」

「つまり、飲みこんだと？」

「そうだ。起爆装置等は外してあったが、想定外の負荷がかかれば、爆発の恐れは充分にある」

岩戸の手は汗ばんでいた。怪獣は核に対して耐性が強い。核が体内で爆発したにも関わらず活動を継続、さらに凶悪化して甚大な被害をだしたとする事例が、過去には二件ある。

トリヤノフはあらたまった口調で続けた。

「この状況下で、我々ロシアにはもう打つ手がない。判っていただけるだろうか」

自国に出現した怪獣を、故意に他国に追いやれば、それは重大な国際法違反となる。

「それについて、私には回答する権限がない。然《しか》るべき窓口を通して、交渉していただきたい」

トリヤノフは黙したまま、じっと岩戸を見ている。

やはりそうか。岩戸は得心する。

彼らは既に情報を得ているのだ。日本には、核を飲みこんだ怪獣を殲滅する唯一の方策がある事を。

ヤツらめ、自分で起こした危機を利用して、こちらの手札を探る気だ。

「これ以上のお気遣いは無用に願いたい。バーンクラスニー、ゴルドボーイ共に殲滅方法は確立済みだ。我々が知りたい事はただ一つ」

トリヤノフは眉一つ動かさない。静止画面を見つめているかのようだ。

「飲みこんだのは、どちらの個体か?」

トリヤノフの頬がわずかに緩んだように見える。彼はいま、求めている回答を手に入れた。

その安堵が、冷たい仮面に微かな興奮となって血を通わせた。

それでもトリヤノフは、それまでと変わらぬ、抑揚のない、乾いた声で答えた。

「飲みこんだのは、赤い怪獣、バーンクラスニーだ」

二

猛烈な風に雪が舞い上げられ、一切の視界が奪われる。灰色のベールの向こうに、何かぼんやりと赤い巨大なものが蠢《うごめ》いている。見えるのは、ただそれだけである。

岩戸は、ロシアより送られてきたスベトラヤ基地の監視カメラ映像を、繰り返し見ていた。

雪煙が落ち着くと、基地の監視塔と思われる灰色の建物が見える。壁には一面亀裂が入り、屋根のあたりから、既に崩壊が始まっている。

降り注ぐ瓦礫《がれき》の中を、数人の人影が逃げ惑っていた。カメラが大きく縦に揺れる。揺れが収まった時、人影はすべて消え去っていた。

赤く見えるぼんやりとしたものは、怪獣バーンクラスニーの脚だ。監視塔を完全に破壊し、コンクリートを踏み抜き、基地全体を破壊し尽くしていた。

「バーンクラスニーは地下を移動、スベトラヤ基地直下から姿を見せた。その過程で地下貯蔵庫にあった核兵器に接触し、体内に取りこんでしまった……か」

指揮車内で同じ映像を見ていた、尾崎が言った。

「核を飲みこむ瞬間は映っていませんが、どうして飲みこんだと判ったんでしょう」

「放射性物質の測定値だろうな。怪獣の動きと放射性物質の移動パターンが一致していたのだろう」

「そうか。飲みこんだ直後なら、まだ検出できますからね」

「怪獣は放射性物質を体内に吸収する。よって、ほんの数分で測定は不可能になる」

「スベトラヤ基地各所にある監視カメラ映像は、すべて見終わりました。確認できたのは、バーンクラスニーだけです。やはりロシア側の情報に間違いはないのでは？」

「確認といっても、あくまで目視のみ。しかも肝心の映像は相手が提供してくれたものだぞ」

「ですが、放射性物質の移動パターンとバーンクラスニーの移動パターンは一致しているんですよね。だったら……」

「ゴルドボーイも、地下を移動する。バーンクラスニーが地上で暴れている間に、ゴルドボーイが地下貯蔵施設の核に接触。飲みこんだ可能性もある。ゴルドボーイはそのまま地下を移動、基地の東一キロ地点で地上に姿を見せたとしたら？」

「確かに放射性物質の位置特定に高低差は反映されませんからね。問題の核がゴルドボーイと共に地下を移動、そのパターンが地上のバーンクラスニーと一致した――」

「あり得ない事ではない。怪獣の移動は緩慢だ。データだけで判断するのは、危険だよ」

「せめて、視界が開けていれば……」

「怪獣出現時、現地の天候は暴風雪。それに加えて、奴らが雪を舞い上げ、視界はほとんどないに等しかった」

「決定的瞬間を目撃した警備員はゼロ。たとえいたとしても、亡くなっている……か」

「現時点で、相手の言葉を鵜呑《うの》みにするのは、危険だよ」

「しかし、以前はともかく、現在、ロシアは非常に友好的ですよ」

「相変わらず、お人好《ひとよ》しなんだな、予報班は」

そろそろ来る頃だと思っていた。聞き慣れた低い声、殲滅第三班班長の海江田進《かいえだすすむ》だ。

「作戦の指揮権はまだ予報班にある。口出しは止めていただこうか」

「失礼した。状況から見て、索敵班に指揮を差し戻すべきできないかと思ったので」

ウインドウはブラックアウトしたまま、今回も音声のみの通信だ。

「それが余計な差し出口だと言っている」

低い笑い声が短く響いた。最近では、作戦遂行中でもこの程度の軽口が叩《たた》けるようになっている。それだけ、海江田に対する信頼は厚い。

「殲滅班にあっては、待機の継続を願いたい」

「了解。さきほど、政府から『Zプラン』の使用許可がおりた。横須賀《よこすか》殲滅特区より、空路で柏崎《かしわざき》殲滅特区へ移送する。到着までに四時間だ」

「時間的には充分だ。問題は、どちらの怪獣を誘導するか」

岩戸はロシア側からもたらされた情報を手短に伝える。

「兵器を飲みこんだのは、バーンクラスニー。よって先にゴルドボーイを攻撃、その後、バーンクラスニーを柏崎へと誘導。そうしない理由は？」

「情報の不足だ。他国のもたらした情報を鵜呑みにはできないし、かといって、真偽を確かめる材料も少ない」

「殲滅班で確認する限り、二体は日本海上にある。既にロシア領内を外れ、日本領に入っているな」

「二体を逃したのは故意ではない。国際法上の問題はないと、釘《くぎ》を刺されたよ」

「攻撃したくてもできなかったわけだし、たとえ日本が訴えたところで、国際司法裁判所で結果が出るのは二年先。八時間後には ケリのついている事案だぞ。意味はない」

「それより、ヤツらは我々から大きな情報を引きだした」

「Zプランが一機しか稼働していないという事か？」

「そうだ。二機以上あるなら、怪獣の選択をする必要はない。二体とも処理してしまえばいい」

「Zプランは極秘案件だからな。いまだ他国の目に触れたことはない。すぐにでも柏崎にぞくぞくと人が集まってくるぞ」

「まさにスパイ天国だな。公安に依頼して、全員、牢《ろう》にぶちこんでしまえばいい」

「あのぅ」

尾崎が控えめな声と共に割りこんで来た。

「Zプランって何なんですか？」

岩戸は驚いて、シート越しに背後を見た。

「知らないのか？　第二予報官以上には、アクセス権があるはずだが」

「すみません。でもZプランはアンタッチャブル案件で、下手に触れると昇進に響くって、噂《うわさ》があって」

噂だと笑って済ませられれば、どんなに良いか。恐らく、Zプランの情報にアクセスしようとした者は、権限のあるなしに限らず、記録され背後関係を調査される。触らぬ神にたたりなしとは、よく言ったものだ。

岩戸は言った。

「Zプランが始まったのは、一九六六年。もともとは火星探査計画だったが、怪獣の出現で立ち消えとなり、一部が怪獣殲滅兵器に転用された。それが、火星探査機を収容する大型折畳み展開式のドーム型推進器だった」

「ちょっと具体的なイメージが湧かないんですけど」

「開閉式の超巨大なクロッシュだ」

「ますます判らなくなりました」

「屋根が開閉するドーム型の競技場があるだろう。あれの下に推進器が付いているものを思い浮かべればいい。直径七〇メートル。その中に怪獣を誘導、固定し、中に閉じこめた上で、宇宙に向かってドーン」

「ドーンですか」

「宇宙にゴミを直接捨てるようなものだ。宇宙空間まで飛んで行けば、後はどうなろうと我々の知った事ではない」

「そんなメチャクチャなものが、日本に?」

「使用されたのは、過去、ただの一度だけ。全長五〇メートルのカメ型怪獣を中に閉じこめ、打ち上げた」

「怪獣はその後どうなったんです?」

「小天体に激突して、粉微塵《こなみじん》になったと聞いている。その後、ドーム部には改良が加えられ、冷気、熱線、電撃に対する耐久度を上げた。閉じこめてしまえば、中でどんな怪獣が暴れようとも、ある程度の時間は耐えられる」

「怪獣を閉じこめた巨大なドームを宇宙に打ち上げる……」

「今回の場合、それが唯一の解決策だろう。しかし、Zプランは日本に、いや、世界にまだ一機しかない。現在、三号機までの製作が決まっているが、原材料の調達などから、作業が遅れている」

「しかし、こうなった以上、完全に秘匿するわけにもいかないですよねぇ」

「然るべき時に、然るべき方法で発表するつもりなのだろう」

海江田の低い声が入ってきた。

「いずれにせよ、現時点でZプランを用いて殲滅できるのは、一匹だけだ。赤か青か、どちらか選ぶ必要がある」

「コシア側もその辺は判っている。意図的にニセ情報を流したりはしないだろうが、曖昧である事は否定できない」

「こちらとしては、どちらにも対応できるように装備を調え、待機するだけだ」

「了解。バーンクラスニーの殲滅方法は、熱だったな？」

「そう。ヤツは熱線を吐く個体で、体内に発熱器官を持っている。熱を放出するトリガーは怒りだ。バーンクラスニーに対しては、外部から高熱を長時間与え続け、ヤツの怒りを増幅。体内の発熱を促進し持続させる事で、自壊を起こさせる」

「もしバーンクラスニーが兵器を飲みこんでいたら……」

「熱で爆発するだろう。凶悪化し、放射能をまき散らしながら、暴れ狂うだろうな。今の上陸予想地点は新潟か？　東北から北陸にかけての日本海側は全滅するかもしれん」

「ゴルドボーイの場合は？」

「全身を被う毛は、熱を防ぎ、衝撃も吸収してしまう。熱、冷却、斬る、刺すなどの物理攻撃、すべて無力だ。右胸部に急所があるが、デスリンドン用の特殊鉄鋼杭さえも通さない。ヤツを一撃で仕留められる兵器は、いまだないということになる」

「唯一の弱点が電撃」

「そう。だがそれも、致命傷を負わせるには至らない。行動を止めるのが精一杯だ」

ゴルドボーイの日本上陸は過去に例がない。岩戸も殲滅作戦を自分の目で見た事はなかった。

「たしか、電撃網で全身を包みこみ、行動不能に陥らせると聞いているが」

「その通りだ。ヤツの毛は電気をよく通す。感電させ、一時的に四肢を麻痺《まひ》させるわけだ。その後登場するのが、オートジャイロだ。ゴルドボーイは見た目に反して体重が比較的軽い。巨大な垂直離着陸機でヤツをつり上げ、そのまま、上空三〇〇〇フィートまで上昇。そこからヤツを落下させる」

「噂には聞いているが、何とも大胆なやり方だな」

「しかし効果は絶大だ。落下地点が地面だろうが、海面だろうが、体組織は完全に破壊される。オートジャイロ方式が開発されてから、ゴルドボーイの殲滅率は一〇〇パーセントだ」

「しかし、今回の場合……」

「もしヤツが飲みこんでいたとしたら、地上に叩きつけられた衝撃で間違いなく爆発する。過去、完全に殲滅した怪獣が、核兵器の爆発によって復活したケースもある。ゴルドボーイが凶悪化したら、事態はバーンクラスニー以上に深刻なものとなるだろう」

海江田の見立ては、当を得ていた。

「電撃網とオートジャイロは？」

「柏崎殲滅特区で待機させている。命令があれば、五分で出られる」

岩戸はデスクに肘をつき、メインモニターで明滅する二体の位置を確認する。

二体の距離は二二二〇メートル。その距離を維持しながら、まっすぐ日本に向かっている。

進行速度が遅いのが、唯一の救いだ。

「攻撃目標を決定次第、連絡を入れる」

「判った。通信を終わる」

ウインドウが自動で閉じる。

岩戸は背中合わせの尾崎に言った。

「十分、任せられるか?」

「無論です」

答えを聞きつつ、ベルトを外し数時間ぶりにシートから腰を上げた。作戦中であっても、二時間に十分の休憩が定められているが、律儀に守っていたのでは、命がいくつあっても足りない。

腰をかがめないと通れない、岩戸たちが「茶室」と呼んでいるドアを開くと、刺すような寒気が吹きこんでくる。

岩戸は戸口に立ったまま、身動きができなくなった。機器のだす熱で、室内は蒸し暑い。冷房をフル稼働しても、快適にはほど遠い状態だった。そんな中に数時間こもった後、いきなり本州最北端に飛びだしたわけであるから、体が驚くのも当然と言えた。

龍飛崎の突端に停車した装甲輸送指揮車は、ヘッドライトを消し、周囲の闇に溶けこんでいる。周囲には街灯一つなく、眼下に広がっているはずの海も、厚い雲に覆われチラチラと雪を舞い散らせる空も、すべてが黒一色に塗りつぶされていた。晴れていれば、海を挟んだ遠くに、北海道函館《はこだて》の光が見えたはずだ。

荒々しい波音を聞きながら、岩戸は海を見つめる。漂うガスの遙か向こうに、こちらを目指して進んでいる怪獣二体がいる。

奥歯を嚙《か》みしめつつ、岩戸は携帯の通話ボタンをそっと押した。

「答えは出たか？」

先ほどまで、スピーカーを通して聞いていた低く太い声が耳を打った。

「え？」

「殲滅する順番だ。赤なのか？　青なのか？」

「それは、私が決めなければいけないこと？」

海江田のため息が間近に聞こえる。

「剣《つるぎ》31便といい、今回といい、きつい任務が続くな。大丈夫か？」

どう答えるべきか、鼻先に舞い降りた雪を払いながら、岩戸は考える。しかし、答えが出る前に、海江田は言った。

「愚問だった。忘れてくれ」

こちらが息苦しくなるほどに、よく気の付く男。岩戸は苦笑しつつ、言った。

「休暇を取れと言われている」

「俺もだ」

任務を離れた場所で、最後に海江田と二人きりで会ったのは、いつだったろう。

一ヶ月、いや五週間前になるか。岩戸が休日で、海江田が内勤の定時退庁日だった。食事をし、海江田の自宅に向かうタクシーの中で、緊急召集がかかった。

結局、いつもそうなるのだ。

海江田の気持ちは判っている。彼もまた、岩戸の気持ちを見抜いている。だから、彼の方から声をかけてきた事はない。

彼が狡《ずる》いわけではない。狡いのは岩戸の方なのだ。

「そろそろ切る」

「ええ」

沈黙の意味を悟ったのだろう、海江田は暗い声で言った。

通話を切ろうとしたとき、いつもより少し早口になった海江田の声が聞こえた。

「まもなく、連絡が来るんじゃないか?」

「え?」

「ヤツも知っているんだろう? 携帯の番号」

ヤツが誰の事を指すのか、岩戸も判っている。だがなぜヤツが連絡してくると判るのだ?

海江田は、自分の知らない情報を摑《つか》んで……。

「ああ」

海江田が投げた言葉の糸の端を、掴む事ができた。

海江田は微かに笑ったようでもあった。

「だから、もう切るよ」

通話が終わり、携帯のぼんやりとした光が消える。周囲はまた闇に沈み、波と風の音だけしかしなくなった。

寒さに震えながら、岩戸は携帯を力一杯握りしめる。

かけてくるのか、こないのか。自分はそれを待っているのか。あるいは、恐れているのか。

携帯が震え、岩戸はそれを耳に当てる。

「久しぶりね」

「今、どこにいる？　俺の予想だと、龍飛崎あたりか？」

「さすが」

混じりっけのない、子供のような笑い声が響いた。

岩戸も笑う。彼の声に癒やされている。その声に身を委ねている。海江田との会話は、既に遙か遠くへと去っていた。

「それで、何か用なの？　怪獣チェイサーさん」

星野研介《ほしのけんすけ》の声は、こちらが苛立《いらだ》つほどに危機感のないものだった。

「こっちはいま、スコットランドだよ。怪獣発祥の地。もっとも、ネス湖はとっくに干上がって跡形もないけどね。パニエスタを殲滅したのは、日本からの応援部隊だ。もっとも、日本の功績を称《たた》える報道はほとんどなく、湖が干上がってネッシー不在が証明された事を世界中が嘆いていた」

「そうか。ネス湖消滅、あれいつの事だったかな」

「一九九九年。私の家族が怪獣にやられた年。私が怪獣省を目指し始めた年よ」

「そうか」

星野は軽く言って、しばらく沈黙する。慰めだの励ましだの、上辺だけの言葉を発しない。星野の数少ない長所だった。

「で、連絡をくれたのは何？」

「判っているんだろ？」

「何が？」

「おまえ、俺の電話に一発で出たよな。今は作戦中だろ。普通なら、私用電話に出られるはずがない。俺はメッセージだけ残すつもりだったんだ。それが、いきなり出るもんだから……」

「だから？」

「びっくりしたよ」

　岩戸は思わず吹きだしてしまった。

「驚かせて悪かったわ。そう、あんたの言う通り、連絡を待ってた。そう、ちょっとした予感があって」

「相手は、バーンクラスニーとゴルドボーイ。ロシアに出た赤色と青色の二体だな」

「一般人に情報は漏らせない」

「なら、そのまま聞いてろ。俺が掴んだ情報だと、二体のうち一体が、ロシアが格納していた兵器を飲みこんだ。監視カメラの映像などから、ロシア側は飲みこんだのは、バーンクラスニー、つまり赤と判断した。ここまではどうだ。合格ならそのまま。不合格なら通話を切れ」

　岩戸はそのまま、星野の言葉を待つ。

　それにしても、怪獣チェイサーの情報力には舌を巻くしかない。日本の怪獣省を凌《しの》ぐスピードで、しかも正確な情報を掴んでいる。

　怪獣チェイサーが撮影した動画は、金になる。娯楽が少なくなっている昨今、競争が激化する動画配信の世界で、この数年、最優良コンテンツであり続けているのだから当然だ。そんなチェイサーたちには、スポンサーが付く。有能なチェイサーの元には、自然と金が集まる。その金で、彼らは独自のネットワークを構築し、世界各地で突如現れる怪獣どもに目を光らせているのだ。

怪獣のある所に、チェイサーは群がる。唯一の例外はこの日本くらいか。島国である事に加え、怪獣省の取り締まりが厳しい。主立ったチェイサーたちは、全て水際でチェックされ、入国審査ではねられる。星野が長らく日本に戻れないのは、そのためでもあった。

一方、そうした事情もあり、日本に出現した怪獣の動画は相場の数倍の値で取引される。数年前まで、星野は日本にわざと留まり、厳しい警戒をくぐりぬけながら、数々の怪獣をカメラに収めていった。この実績もあり、怪獣チェイサーの間で、星野はレジェンド的な扱いになっている。

彼がその気になれば、世界中のどこからでも、怪獣の情報が入る。たとえそれが、極秘とされるものであっても。

「ここまでは合格か」

歌のようなリズムをつけ、星野は言った。ご機嫌のようだ。

「では、続けるぞ。一方、日本の怪獣省としては、ロシアの情報を真に受けて良いのかどうか、迷っている。特に、予報班には優秀な人材が揃《そろ》っているからな。確証もなしに、バーンクラスニー攻撃の指示をだすはずもない」

岩戸は無言で続きを待つ。

「確証を得るため、情報の収集に努めるが、なにしろ相手はロシアだ。一筋縄ではいかない。結局、判断がつかぬまま、時間だけが過ぎていく。怪獣上陸までのタイムリミットは、八時間といったところか」

「合格。早く結論を」

「頭のいい予報官の事だ、もうとっくに気づいているはずだ。ロシアに出現した二大怪獣。これだけのネタを怪獣チェイサー達が放っておくはずがない」

「あの現場には怪獣チェイサーがいたはずだ。ヤツらが撮影した怪獣の動画データが見たい。チェイサーの名前を言え」

「人にものを頼む言葉遣いじゃないよな」

「私に教えたくて、わざわざ電話してきてくれたんでしょう？　星野研介」

「日本に帰りたいよ。またどこかのバーで、テキーラを飲みたい」

「それは……」

「何だ？　当分無理、そんな風に思ってるみたいだな」

「いいから、早く名前を言え。それと現在の居場所もだ。世界の何処《どこ》にいようと、捕まえる」

「優秀な予報官には幸運の神がついているんだろうな。動画を撮ったチェイサーは日本人だ」

携帯を握る手に力がこもった。

「そいつは、今、どこにいる？」

「日本、もっと正確に言うと、北海道の新留萌《しんるもい》に向かっている」

「向かっている？」

「チェイサーの名前は笹口芽郁都《ささぐちめいと》。本名かどうかは知らない。超売れっ子でね。なんと、移動は高速ヘリコプターさ」

高速ヘリに自家用ジェット。世界的に有名な怪獣チェイサーであれば、当然、その程度のものは持っている。

「しかし、日本が侵入を許すはずもない。着陸した途端に逮捕、あるいは下手をすれば撃墜だ」

「それがそうはならない。怪獣共同研究ラボで確認してもらってかまわないが、日本海を渡ったヤツのヘリはまもなく新留萌に着陸するはずだ」

岩戸は舌打ちをこらえる。

「外務省か」

「餅は餅屋だ。海外の情報に関しては、やはり、彼らの方が早い。笹口の件をいち早く摑み、怪獣災害に関する超法規的措置で、日本への帰国を認めた」

「我々を無視して……か」

「怪獣チェイサーの取り締まりは、怪獣省の優先課題だ。正規のルートで君らに話を通していたら、遅きに失する」

「我々はもっと柔軟だ。怪獣災害が防げるのであれば、笹口の入国を咎《とが》めたりはしない。いや違う。奴らはただ、我々の鼻をあかしたいだけなんだ」

くぐもった笑い声が聞こえた。

「怪獣省は嫌われ者だからな」

「信念があるからだ。日本を怪獣から守るという」

「なるほど。強いな、あんたらは」

「情報には感謝する。すぐに動かねばならないので、通信はこれで」

「ああ。お役に立てて何よりさ。もっとも、情報の入手経路については、内緒にしてくれ」

「言うまでもない。バカ正直に明かしたら、私も予報官ではいられなくなる」

「うまいこと、やってくれ」

通信終了ボタンに指を乗せたまま、岩戸はたずねた。

「日本に寄る予定はあるのか?」

「ない」

「そうか……」

ボタンを押し通信を切った。

怪獣省が手配した小型ビートル機の中で、岩戸は煮えくり返る腹の内を鎮めるため、ミントガムを噛み続けていた。

くだらない抜け駆けで憂さを晴らそうとする外務省、それに対し何の対応も示せない怪獣省国際局。大杉、今度その顔を見せたら、ただではおかない。

星野も星野だ。二人の立場的な違いは理解しているが、何もあんな言い方をしなくても良いではないか。

三

「ご機嫌、斜めのようですな」

今ではもう、聞き慣れた声だ。頼りがいがあり、聞くだけで安心できる低くよく通る声。岩戸の横に座る船村秀治《ふなむらしゅうじ》は、窓の外の暗闇を眺めていた。

小型ビートル機は六人乗りである。前部二席は怪獣省の黒いキャップを被った操縦士、副操縦士が座る。岩戸はいま、後部シートの右列に、船村は左列にそれぞれ着いていた。

到着したビートル機の中に、船村の姿を見た時は、少なからず驚いた。ただそれも一瞬の事だ。過去数度の事案で、彼の神出鬼没性には慣れている。それに、今回の件に彼が乗りだしてきた理由も、即座に理解できた。

日本の命運がかかったこの事案に、怪獣防災法専任の捜査官は最適だ。怪獣省のみで対応するより、遙かに成功率が高くなる。

船村は窓を見つめたまま、再び口を開いた。

「尾崎君は、竜飛岬で留守番ですか？」

「ええ。緊急事案が起きた場合の判断は、彼がする事になっています」

「彼にとっては、初の重大任務ですな」

「ちょっと重大過ぎるので、彼のメンタルが心配ですが」

「まあ、彼なら大丈夫ですよ」

「気休めですか？」

「ええ、気休めです」

「新留萌まで、あと二分です」

副操縦士が言った。

現時刻は午後九時四十二分。外務省からの情報によれば、笹口のヘリが到着するのは、九時三十五分。先着して待ち構える事はできなかった。

新留萌に空港はなく、着陸地点は海岸付近の倉庫街跡であるという。怪獣防災の観点から、海岸付近の居住等は基本的に禁止されている。港はすべて閉鎖され、国の許可がなければ、漁船等の操業はできない。そのため廃墟と化した港や関連施設が日本中のあちこちに見られる。日本海に面する新留萌も同じだ。

現在、北海道の人口は減少の一途を辿《たど》っている。政府は東京を中心とした一極集中政策をとっており、地方からの移住を奨励している。人が一人でも居住していれば、そこに怪獣防災の目配りをしなければならない。無人にしておけば、放置できる。居住地をまとめ、そこに対怪獣防衛の予算を集中させる。人命保護の効率を優先させた結果だった。

そうした施策の影響を最も受けた地域が、北海道と沖縄だ。沖縄は強権的なやり方で軍事基地化され、住人たちは本州へと追いやられた。

一方で北海道は予算を削られ、次々と行政サービスが打ち切られた。揶揄《やゆ》と怨念をこめ、棄民政策とも呼ばれるこの方針により、北海道の中部以北から人は消えていっている。広大な無人の大地が取り残され、それを顧みる者も少なくなっていた。

新留萌付近には、まだ細々ながら集落があり、「町」としての体裁を保っていた。

とはいえ、ヘリ着陸予定の廃倉庫街近くには四十数戸の住宅と商店があるだけだ。市の中心部はそこからさらに数十キロ内陸に入ったところにある。

住人にとってはもう深夜といって良い時間、出歩いている者もいないだろう。

「着陸します」

　軽いGを感じた後、ビートル機は新留萌へと降り立った。船村に続いてベルトを外し、立ち上がると、乗降口の前に立つ。すぐに上下にドアが開き、猛烈な寒風が吹きこんできた。潮の香りも強い。

　ゴウゴウと吹き荒れる風音に混じり、操縦士の声が聞こえた。

「我々は一旦、帰投します。陸路で応援が来るはずです」

「了解」

　岩戸は船村と共に、機を降りた。流線型をした銀色のコンパクトな機体は、エンジン音を轟《とどろ》かせながら離陸していく。機体下部の噴射口から青白い炎がのぞき、やがて分厚い雲の中へと消えていった。

　雪こそ降っていないが、気温は氷点下十五度。支給の防寒ジャケットのおかげで冷気はさほど感じないが、横殴りに吹きつける風は想定外だった。足に力を入れていなければ、体ごと持って行かれそうだ。

　一方の船村はいつもの黒いコートに黒い手袋。風に裾が大きくはためいている。

　二人が立つのは、コンクリートの地面が広がるだけの、何もない場所だった。海に向かっては高い防波堤が築かれ、それに沿って、等間隔で街灯が並んでいる。とはいえ、点灯しているのは半分ほどだ。近づいて確認すると、石か何かをぶつけられたのか、無残に電球が砕けていた。

岩戸は持参した懐中電灯をつける。最新式のもので、光が強く照らす範囲も広い。遙か前方に、ジェットヘリコプターの白い機体が浮かび上がった。機体には主翼や尾翼があり、見た目は小型ジェット機にも見えるが、ルーフには巨大なローターがついている。かつてコンパウンド・ヘリコプターと呼ばれたものと外観は同じだが、性能は格段に向上していると聞く。手元のデータによれば、垂直離着陸、ホバリングが可能でありながら、従来型のジェットヘリコプターより一〇〇キロ以上速い、時速三五〇キロをだす事もできるらしい。稼ぎのいい怪獣チェイサーたちには人気の機体で、彼らの間でのニックネームは「エアーウルフ」だとか。

岩戸は光を前に向けたまま、ゆっくりと近づいていく。船村は何も言わず、後ろに従っていた。

岩戸の腰には、怪獣省の正式拳銃マルス.38がある。実戦で抜いた経験はないが、週に一度、射撃訓練は行っている。

岩戸は銃を抜くと、規程通りに右手で構え、左手で懐中電灯を逆手に持った。光の方向と銃口の向きを一致させながら、闇に沈む機体に向き合った。

笹口が中にいれば、ビートル機を目撃しているはずだ。岩戸が降り立ったのも見えただろう。にも関わらず、機内からは誰も姿を見せず、人の気配すらない。既にこの場を離れたのか。

岩戸はあらためて機体を確認する。

エンジンは停止しており、ライトもすべて消えていた。コックピットに通じる側面のドアは開いたままだが、中に人の気配はしない。

岩戸はステップに足をかけた。地面もステップもうっすらと凍りついている。戦闘用ブーツであるので、滑る心配はほぼないが、機内に何があるのかは判らない。

冷え切った空気に混じり、覚えのある生臭いにおいが鼻をついた。

勘弁してよ――。

岩戸は五段のステップを駆け上り、機内に飛びこんだ。操縦席の方に銃口を向ける。

外からでは気づかなかったが、フロントガラスには血が飛び散っていた。操縦席には、血にまみれた男が、操縦桿《そうじゅうかん》にもたれかかるようにして、事切れていた。笹口ではない。

笹口はいつも、石田《いしだ》というパイロットと組んで撮影等をしていたと聞く。遺体は恐らく、石田だ。彼は正面から喉を撃ち抜かれていた。はっきりとした状況は判らないが、何者かが機内に侵入、驚いてシートから立ち上がり振り返ったところを撃たれた――のだろう。

機内に他に人影はない。コックピットをのぞけば、人が入りこめるスペースは後部の荷物入れくらいだ。いま、そこへのハッチは開いており、中は空っぽだった。飛沫《ひまつ》血痕を除けば、機内に争った跡はなく、床に足跡らしきものもない。

いったい、何が起きた。笹口はどこだ？

船村がつっと進み出て床を一瞥《いちべつ》し、操縦席の陰を指さした。見ると、ラップトップPCが落ちていた。シルバーの表面には、石田のものと思《おぼ》しき血が飛び散っている。

船村は言った。

「あれが笹口氏のものであれば、問題の動画データが中にあるのでは？」

「チェイサーたちは、撮影した動画を自身のPCに取りこみ、即座に編集します。ただ、PCはネット等からは遮断されています」

「ハッキング対策ですな」

「ええ。編集を終えたデータは、そのままUSBメモリー等に移され、それを契約した動画配信サイトの運営者に手渡しする。それが通常の流れだとか」

「いずれにしても、ラップトップPC本体も顔認証などで保護されてるでしょうしね。現場保存もかねて、あれはそのままにしておきますか」

「それより、笹口本人は何処へ？」

「さてねぇ……」

「何者かに襲撃され、連れだされたのかも」

「パイロットは用無しって事で殺された……。あり得ますね」

岩戸はいったん外に出た。船村の手前、冷静を装ってはいるが、鼓動は早まり、頭は混乱の中にあった。

笹口の目撃談に日本の将来がかかっているのだ。ヘリの周囲を見渡してみるが、足跡一つ残っていない。地面に雪はなく、ところどころに薄く氷が張っている。

船村が遠く明かりの見える方を指さした。

「向こうに出入口用のゲートがあるはずです。その先には、新留萌の集落が」

岩戸はうなずいて、歩き始めた。海に面した何もない場所だ。行くとすれば、ゲート方向しかない。

懐中電灯を頼りに進んでいくと、光の円が横たわる黒い物体を照らしだした。立ち止まり、確認する。人間だ。

絶望的な思いで、確認する。

笹口だった。仰向けに倒れ、目は閉じている。分厚いダウンジャケットの胸の部分に、弾痕と思しき焦げ跡があった。

駆け寄り、脈を診る。微《かす》かな反応が感じられた。よく見れば、鼻や口から出る、白い吐息が見える。呼吸はしているようだ。

「笹口……」

呼びかけようとして、慌てて飛び退《の》いた。体の下から、どす黒い液体が岩戸の足元に向かって広がってきたからだ。血だ。弾は貫通しているようで、かなり出血しているようだった。船村は岩戸の後ろに立ち、周囲に素早く目を走らせていた。

笹口の薄く開いた目には力がなく、フードを被ったままの顔は雪のように白かった。唇は色を失って乾き、ひび割れている。長く保《も》たないことは、あきらかだった。

岩戸は心を決め、笹口に近づき、ひざまずいた。靴を血だまりに突っこむ事になったが、もう気にしている場合ではなかった。

「怪獣省予報班の岩戸だ。笹口芽郁都ですね？」

笹口の目が力なく動き、岩戸を見上げた。懐中電灯を構えているため、岩戸の顔は逆光になる。影法師にしか見えぬであろう岩戸に向かって、笹口は微かに笑った。

「……岩戸予報官……あんたに……会えるなんて……光栄だ」

怪獣チェイサーの間で、岩戸がアイドル化されている事は、星野から聞いていた。嫌悪以外、感じるものはなかったが、チェイサーたちに限らず、多くの者たちの注目を浴びている事実は認めるしかない。唯一の女性予報官として、マスコミ等への露出も多い。仕方がないと割り切ってはいるのだが……。

「笹口さん、あなたは、ロシア、スベトラヤで、怪獣を目撃しましたか？」

笹口は笑みを張りつかせたまま、答えない。死んだかと思ったが、そうではないらしい。岩戸は問いを続ける。

「怪獣が兵器庫を襲う瞬間を見ましたか？」

笹口が微かに顎を引いた。うなずいたつもりなのだろうか。

「赤色の怪獣と青色の怪獣がいたはずです」

正式名称を今の彼が理解できるかどうかは怪しい。岩戸は色で話を進めることにした。

「赤と青、どちらかの怪獣がロシアの兵器を飲みこんだはずです。それを見ましたか？」

笹口は両側の口の端をきゅっと上げた。笑っているのだ。

彼は見た。決定的瞬間を見たのだ。そして、それを映像に収めた。チェイサーとして大スクープだ。金の海を泳ぐ自身の姿を濁り始めた瞳の向こうに見ているのかもしれない。

「どちらですか？　飲みこんだのは、赤か青、どちらです？」

笹口は咳きこみ、全身をヒクヒクと震わせる。岩戸は彼に顔を近づけ、その目をのぞきこんだ。

「重要な事なんです。日本の命運がかかっている。見たのなら、教えてください。赤ですか、青ですか」

「……だな」

「え？」

「酒……飲もう」

「は？」

「星野……なんかより、俺の方が……」

命の灯火《ともしび》は消えようとしていた。もう目は見えていないだろう。岩戸は彼の頬を両手で包み、耳元に口を寄せた。

「判った。飲みましょう」

「……テキーラか」

「ええ。テキーラ。モッキンバードが好みです」

答えがない。

「笹口さん！」

呼びかけに、半ば凍りついた唇が動く。

「青い……」

それっきり、彼は動かなくなった。

呼吸、脈が触れない事を確認し、岩戸は立ち上がる。酷寒の地にあるというのに、頬が火照っていた。

岩戸は事切れている笹口の周囲を隈《くま》なく、光で照らした。彼自身は銃を持っていない。周囲に凶器らしいものもない。

続いて、ポケットの中をあらためる。動画データの収められたメモリーは、さほど大きなものではない。その気になれば、どこにでもしまえるはずだ。検死前に遺体に触れるなど言語道断だが、今は非常時だった。

ジャンパー、上着、ズボン、どのポケットも空だった。メモリーはおろか、財布や携帯機器など何も持っていない。

岩戸は船村を振り返った。

「船村さん、お願いできますか?」

その意図を察し、船村は岩戸の横にひざまずいた。シャツのボタンやベルトを外していく。

岩戸は立ち上がり、目をそらした。大切なものは特別な場所に隠す可能性もある。

作業はものの数分で終了した。船村が立ち上がったとき、笹口の着衣はきちんと元の状態に戻っていた。

「徹底的に調べたが、何も持っていない」

「財布類も持っていないというのは……」

「物盗りだろうな。根こそぎやられたんだ」

「つまり、メモリーも？」

船村はうなずき、ゲートの先の明かりを見つめた。

「事が少々、ややこしくなってきたな。しかし、彼は今際《いまわ》の際に『青』と言った。つまり、それが君の探している答えなのでは？」

岩戸は首を振る。

「正確には『青い』と言いました。その証言だけでは、不十分です。朦朧《もうろう》とした意識の中、何か別の事を言おうとした可能性もあります。あるいは、あえて嘘《うそ》をついた恐れも。ロシアで怪獣を目撃した事自体が、虚偽である可能性だってあります」

船村は顎をさすりながら、うなずく。

「確かにね。日本の命運がかかっているんだ。完璧を期さないとダメか」

「何としても、笹口の撮影した動画を見る必要があります。それを自分の目で見て、私が判断します」

船村は悲しげな目で、笹口の遺体を見下ろしていたが、やがて憑《つ》きものでも落ちたように和やかな顔となり、岩戸に向かって言った。

「了解した。では、ここからは私の領分のようだ」

彼は一人、ゲートを出てその前から延びる二車線道路の前に立つ。舗装こそされているものの、整備もされておらず、そこここにひび割れが走っている。街灯もほとんどが割られていて、のしかかるような闇にまったく抵抗できていなかった。

道の両側にはまだ雪が残っていて、ビールの空き缶だの、スナックの袋だのが強風に吹き寄せられている。

船村に続いてゲートを出た岩戸は、腕時計を見る。ここに降り立ってから既に三十分が経過していた。

岩戸は船村と肩を並べて立つ。

「笹口を殺した犯人、目星はついているんですか？」

「ある程度は。ただ、最悪な場合と、それより少しマシな場合がある」

「最悪な方は？」

「赤か青か——判断がつかない限り、Z計画は発動できない。一方赤にしろ青にしろ、体内で爆発が起き凶悪化すれば、日本は終わり」

「その状況を願っている者の仕業だと？　まさか、そんな人間がいるわけない」

「そうかな。ロシアという国はなかなか油断がならない。彼らは我が国の技術を学び、時には盗み、着実に力を蓄えてきている」

「自らの支配力を拡大するために、日本を国際舞台から退場させようとしている——と？」

「アメリカは？　『剣31便』の事件、忘れたわけではないだろう？」

「あの件で問題となったのは、アメリカではなく、我が国の政治状況です」

「つまり、最悪な場合というのは、政治が絡む場合だ」

「それよりマシな場合というのは？」

船村は口を閉じたまま、強風に肩をすぼませながら、歩きだした。

「どこへ？」

「捜査だ。そいつを確かめにいこう」

四

ゲートから延びる一本道を、二人並んで歩く。海沿いの廃倉庫跡から三〇〇メートルほど内陸に、小さな集落がある。住居数は四十二戸。大半が空き家である。予算の打ち切りで、公共サービスのほとんどがなくなり、皆、約八〇キロ離れた新旭川《しんあさひかわ》に移っていったのだ。

残ったのは、引っ越しを拒否した高齢者とその親族だけだった。

無言で進み、岩戸たちが集落に着いたのは、午後十時過ぎであった。集落といっても、家々の明かりはすべて消えている。道には人っ子一人いない。道の両端には、除雪された雪が腰の高さくらいまで、積まれていた。

強風は一向に治まらず、気温も氷点下のままだ。

集落で唯一、明かりがついているのは、集落の西端にある、コンビニエンスストア一軒だけだ。店の光は、まるで太陽のように明るく、黒く沈んだ一帯を照らしだしている。

新留萌に降り立って以来、これほどの光を、岩戸は初めて見た。

「こんなところに、コンビニですか」

思いがつい、口からもれた。

「これは、温情みたいなものだ」

「温情？」

「公共サービスはすべてなくなった。電気、ガス、水道などのライフラインはかろうじて維持されているがね。それでもここに留《とど》まる人がいる。移住を強制するわけにはいかず、かといって、何もしなければ、彼らは生きていけない。新旭川市が特別に予算を組んで、この店を維持している。新留萌の人々にとって、この店が、社会との唯一の接点みたいなものだから」

この店が一軒あれば、食料品など生活必需品は最低限、手に入る。

「宅配便の配達は停止されたし、郵便の配達、集荷は一週間に一度。冬場の天候次第ではそれすら危うい。ほとんどの住人は高齢で免許は返納しているから、車も使えない」

「国は待っているんですね。ここの人たちが音を上げるか――」

「それとも死ぬか」

船村は真顔でそうつぶやくと、まっすぐコンビニに向かって歩いて行った。

中には店員と客が一人。レジの中に立つ店員は、中年の男性で色あせたエプロンをつけ、しょぼついた目で、雑誌コーナーにいる客を見つめていた。

客は二十代前半の痩せた男で、赤色のキャップを目深《まぶか》に被り、ごわついた安物のダウンジャケット着ている。手にはコンビニの袋を持っており、中にあるタバコ三箱のパッケージが透けて見えていた。

店員は集落に住む者が、輪番で担当していると聞いていた。自動ドアのところに、営業時間は午前十時から午後十一時までとの表示があった。思っていたより遅くまで営業しているのは、こうした若い利用客がいるからだろうか。それにしても、客の雰囲気は年齢を差し引いても、この町の雰囲気にそぐわない。

岩戸が不審を覚える中、船村は開いたドアからスタスタと中に入っていく。岩戸は無言で後を追った。

店内はこれでもかというほど暖房が効いており、その温度差に目眩《めまい》を覚えた。

船村は「ああ、寒かった」とわざとらしくつぶやきながら、店の棚を見て回っている。雑誌コーナーの脇を通り、若者を間近で観察する事も忘れていなかった。

若者は突如現れた奇妙な二人連れに驚いた様子で、ずっと岩戸の方に無遠慮な視線を向けていた。

岩戸は気づかぬふりで、ドリンク売り場に立つ。ソフトドリンクはごくわずかで、並んでいるのは、ほとんどがアルコール飲料だった。それも度数が高めで、医療関係者から発売中止を求められている商品がほとんどだ。

船村が近づいてきてホットの缶コーヒーを一つ手に取り、レジへと向かっていった。

「寒いねぇ」

缶をカウンターに置き、店員に話しかけた。彼は何も答える事なく、缶をバーコードに通し、無言のままカウンターの上に戻した。

船村は分厚く膨らんだ財布をだし、万札の束を見せつけるようにした後、千円札をだしてレジ横の受け皿に置いた。

「こんな日は、誰も来ないんだろうねぇ」

店員はおどおどと目を伏せたまま、開いたレジから釣り銭をだし、札と引き換えに皿に置く。

船村はゆっくりとした手つきで小銭を集めると、ジャラジャラとコートのポケットに入れた。

「さっき、向こうの方にヘリが降りたみたいだけど、何だったんだろう?」

店員は口を閉じたまま、首を横に振る。

「そうだよな。判るわけないよな」

船村はヒョイと缶を取ると、笑いながら、意味ありげな目で雑誌コーナーの若者を一瞥する。赤いキャップの下から睨《にら》み返す若者の視線を受け流しつつ、船村はさっさとドアを開き外に出て行く。仕方なく岩戸は何も買わず、後を追った。

吹きつける寒風に、思わず息が詰まった。

船村は既に先を歩いており、黒いコートの背中は、既に闇に紛れていた。

凍った路面を踏みしめながら、小走りで船村に追いつく。

「あれで、良かったんですか？」

「何が？」

船村は缶コーヒーを岩戸に差しだした。首を振って断ると、船村は缶をコートのポケットに入れた。岩戸は言った。

「笹口たちを殺した人物の逃げ場は、新旭川方面以外ありません。となれば、あの店の前を通ったはずです。もっと突っこんだ質問をして、目撃情報を集めるべきだったのでは？」

「そこも空き家。向こうも空き家。人が住んでいても、電気は消えているし気配もない」

船村は問いに答えようとはしない。芝居がかった動きで、左右の家並みを指し示す。

「ただ、こんな場所にも、喜んで集まって来るヤツらがいる。知ってる？」

岩戸は首を左右に振る。船村は冷たい微笑みを浮かべた。

「オキシコドンって聞いた事、あるかい？」

「オピオイド系鎮痛剤ですね。ガンなどの疼痛《とうつう》治療に処方されています」

「さすがだ。その依存度については？」

「かなり高いと聞いています。欧米では深刻な依存症を引き起こし、過剰摂取でかなりの死者も出ているとか」

「日本でも同様の傾向が見て取れる。日本は規制が厳しいが、何しろ、この好景気だ。豊かな国は、当然、標的になる」

「密輸ですか」

「後を絶たないのが実情だ。航空機が制限されているから、使われるのはもっぱら船だ。もっとも、本州から九州にかけては、怪獣防災の観点から監視の目が厳しい。そして、沖縄は怪獣殲滅の拠点になっている。数少ない例外が……」

「北海道」

「そう。面積の割に人口の少ない北海道は、長年、怪獣防災のお荷物だったからね。広い土地に長い海岸線の監視は、本州以南に比べれば、遙かに緩い。売人たちはそこを突いてくる」

「入手先はどこなんです？」

「いろいろなルートがあるが、今のところ、一番太いのは、ロシアだろう。表向き友好国を装いつつ、裏では対怪獣装備の機密を盗み、また国ぐるみで薬物の輸出に関わっているらしいからね」

船村の言わんとしている事が理解できてきた。

「国際局の大杉が現場に乗りこんできたのも……」

「ノロマを装っていたかもしれんが、ヤツは相当な切れ者だろう。怪獣の動きと対応策を見て、ロシア側との交渉策を練っていたんだ。怪獣を自国領外に逃がした事、禁止された兵器がまだ残っていた事、こちらに有利なネタを提供してくれたわけさ、あの怪獣たちは」

岩戸は奥歯を嚙みしめた。怒りを覚えた時の癖である。

「何が有利なネタですか。このままだと、日本全体がヤツらに蹂躙されますよ」

「そこまでの危機感がないのさ、ヤツらには。管轄違いだからね。それに、薬物ルートの一つを潰せるのだから、そう悪い事ばかりではない」

「気楽な事言わないでください。このままだと、日本そのものが、吹き飛びますよ」

「まあまあ、落ち着いて。こうやって喋《しやべ》っている間に、お迎えがきてくれるはず……」

船村の答えが終わらぬうちに、濡れた路面を蹴る乾いた足音が近づいてきた。音の主は一人ではない、二人……いや、三人だ。

船村は街頭の明かりの中に身を置くと、後ろに退《さが》るよう、岩戸に目で指示をした。

やって来た三人は皆、二十代の若者だった。それぞれ安物の防寒ジャンパーを着て、白い息を吐きながら、酷く険しい顔付きで岩戸たちの前に立った。真ん中の男は、コンビニで雑誌を読んでいた男だ。赤いキャップはもう被っていない。

「こんな時間に、何の用だ」

右側の男が口を開いた。他の二人より頭一つ大きく、肩幅もある。頬には五センチほどの傷が縦に走っていた。右手には電子タバコを持っていて、ゆっくりと口に咥《くわ》える。煙は風に吹き散らされたが、バニラの甘い香りが微かに漂ってきた。

船村はコートのポケットに両手を入れたまま、か細い声で言った。

「いや、ちょっと通りがかっただけで……」

「ヘリの事、何かきいてたそうだな」

「いや、海の方に光が見えたものだから……」

なおも怒鳴ろうとする右側の男を止め、左側が口を開く。

「あんたら、何を見た？」

「何って、別に」

「そんなはずないだろ。見た事を正直に言えば、行っていいよ」

「ですから、私らはコンビニに寄っただけで、ほかには何も……」

男はため息をつくと、右の男を見た。それが合図だったのだろう、男はいきなりジャンパーを脱ぎ捨てると、タンクトップ一枚となり、腰のフォルダーからコンバットナイフを抜いた。手入れも行き届いていて、街頭の光に反射して刃先がギラリと光る。両腕には適度な筋肉がつき、しなやかな印象だ。ナイフも相当に扱い慣れているとみえる。

真ん中の男が、薄笑いを浮かべて言った。

「早めに吐いちまえって。あんたら、警察か？　違うよな、奴らこんな時間に仕掛けてなんかこない。最近新旭川や新札幌《しんさっぽろ》の方が騒がしいって聞いてる」

「いや、私はそんなんじゃない」

「女連れで来りゃ、怪しまれないとでも思ったか。ホントバカだな。この辺はさ、もう死に街なの。住人もさ、みーんな、俺たちの薬を待ってるの。ここにいる人たちには、格安で分けて差し上げてるからさ。そんな所によそ者がノコノコやって来れば、即、連絡が来んのよ。ド田舎のネットワークなめんなよ」

船村は深く二度うなずいた。

「なるほど。普段、船や小型ヘリの発着に使っている廃倉庫跡に、所属不明のヘリが飛んできたら、君らはすぐ気づくわけだ」

三人が身に纏《まと》う空気が一瞬にして変わった。

左の男が電子タバコを咥えたまま、パチンと指を鳴らした。右の男がナイフをふりかぶって、岩戸に向かってくる。

船村の手が伸び、男の手首を摑んだ。わずかに身を揺すると、男の手からナイフが落ち、片膝をつく。船村は摑んだ腕をそのまま背中側に捻《ねじ》り上げた。骨が砕け、腕があらぬ方を向いているが、船村はなおも容赦なく相手の喉元を蹴りつけた。

ひゅうと北風のような音をたて、男は路面に横たわった。口や鼻から大量の血を吹きだしている。対する船村は元いた場所から半歩、左に動いただけだ。

船村はひざまずき、男の右腕を見る。

「何かと思えば、禁煙パッチじゃないか。健康を気にするってガラかよ」

電子タバコを地面に叩きつけた左の男が、ポケットから小型の拳銃を取りだした。

男が腰だめに構えたとき、船村は既に自分の銃を抜き、相手の眉間に狙いをつけている。

男は口を半ば開き、つっと右目から涙をこぼした。

「そんな……早い……」

船村は引き金を引く。額に穴を開けられた男は背後に吹き飛び、先の男以上の血を、路面にまき散らした。

一人残った真ん中の男は、案山子《かかし》のように立っていた。首すじを流れ落ちていくのは、汗だろう。氷点下の路上で、彼は汗だくになっている。

「暑いか」

船村は銃口を向ける。

男は首を振りながら「暑くないです！」と叫んだ。

「じゃあ、寒いのか」

「寒くないです！」

「じゃあ、その汗はなんだ。やっぱり暑いのか」

「暑くないです！」

男は汗を拭いとろうと、両手で顔中をこすっていた。

船村は男に目を向けたまま、射殺された男に近づく。足で遺体が握りしめている銃を小突いた。

「九ミリか。PL-15K。いいものを持ってる。笹口を撃ったのも傷口を見たところ、九ミリだった」

男はきつく目を閉じたまま、首を振る。

「廃倉庫で、ヘリから降りて来た男を撃ったのは、おまえたち？」

「し、知りません」

「知らないはずないだろう。こんだけ寂れた町でさ、射殺体があって、同じ口径の銃を持ったおまえらがウロウロしていた。偶然では片付けられないでしょ？」

「ぼ、ボクは運転手だから、車にいて、何も見ていないのです！」

「今夜何が起きたのか、説明してくれないか？」

「俺たちは……別に……」

船村が男の頬に銃口を押しつけた。

「君らが違法ドラッグの流通に一役買っているのは、判っているんだ。でも俺たちは、警察でも麻薬取締局でもない。だってほら、警察やマトリは、いきなり人を撃ち殺したりしないだろう？」

男はポカンとした顔でうなずいた。

「確かに」

「だろ？　だから心配ない。今夜、何があったか話してくれ」

「俺、詳しい事はよく知らないっす。下っ端だから。そこに倒れてる二人は、毎晩、コンビニ界隈《かいわい》の家に薬を置いてくるのが役目で」

「なるほど。節々が痛むお年寄りたちに、格安で鎮痛剤を配って、骨抜きにしてるわけだ」

「そう。もうここらへんにいるヤッら、みんな中毒でさ。一日中、ボーっとして暮らしてる」

「だから、堂々と船で荷の受け取りができるわけか。通報するヤッなんていないから」

「そう。で、今夜そこの二人に、妙なヘリが近づいてるって連絡があったらしい。車を一台回せって急に呼びだされてさ。コンビニまで行ったら、二人が血相変えてて、しばらく店の中で見張ってろって。怪しいのが来たら、連絡しろって」

船村は苦笑する。

「俺たちが怪しいと」

「当り前だろ。こんな時間にこんな場所、しかも女連れ。即、連絡したよ」

「つまりあんたは、この二人がヘリの乗員を殺《や》っちまった事も知らないわけだ」

男は慌てて目をそらし俯《うつむ》いた。

「そんな事になってるって、俺は知らなかったんだ。まさか、殺っちまうだなんて」

船村はふと言葉を切り、横たわる男の銃に目を向けた。

「薬莢《やっきょう》、どうした?」

「へ?」

「薬莢さ。こいつ、何か言ってなかったか?」

「薬莢ってそんなに大事なことなのか？」

「場合によってはな」

「何も言ってなかったよ」

「確かか？」

男は苛立った様子を見せる。

「そんな事言われたって、判らねえよ。なんだ、薬莢の一つくらいで。こいつは今までに何人も殺してる。銃で撃って、ずらかる。ただ、それだけさ」

「そうか。それにしてもおまえらの靴、えらく汚れてるな」

船村は男の足元を指さした。それまで大して注意を払ってこなかったが、男たち三人は、皆、アウトドアタイプのスニーカーだ。色はブルーで、かなり使いこまれている。

「この辺、ぬかるみが多くてさ、どうしても汚れるんだ」

「何で殺しちゃったんだ？」

「へ？」

「ヘリの男だよ。何も殺す事ないだろう」

「さあ、その辺のことは知らない」

船村は腕をへし折った男に近づく。気を失っているのか、ぴくりとも動かない。

「ダメだなぁ、意識がない。もう少し、手加減すべきだったかな」

つぶやきながら、路肩に落ちているコンバットナイフを蹴る。

「でも、こんなの持ってたんだしな」

ナイフは凍った路面でくるくると勢いよく回転する。

「持ち物はどうした？」

「へ？」

「おまえ、そればっかりだな」

「へ？」

「殺した男から、有り金やらすべていただいちまっただろう。それはどうしたんだ？」

「北川《きたがわ》に渡した」

「誰だ、北川って。初めて出てきた名前だぞ」

「俺の仲間。バイク持ってるから、金とかヤツに持たせて、先に帰したんだ」

船村はちらりと岩戸を見た。

彼らが笹口からメモリーを奪ったとすれば、その北川なる男が持っている――。

船村は言った。

「その北川君はいま、何処にいる？」

「アジトに戻ってんじゃないかな」

「アジトって何処？」

「知らない」

船村は短くため息をつくと、ふいに銃口を上げ、ぴたりと男の眉間に合わせた。

「怪獣防災法って知ってる？」

「へ？」

「その法律に違反すると、殺されても文句は言えないの。そして、おまえらはいま、その法律に違反しているの」

男の顔から、再び汗が吹きだした。

「お、おっしゃってる意味がよく判りませんが」

「君たち、俺らに武器を向けたろ？　あれで、違反が決まったんだ。さて、あらためてきく。アジトは何処？」

五

「あ、あの、南川《みなみかわ》はどうなるんでしょうか」

ハンドルを握りながら、男は言った。いま、ズボンのポケットからだした赤いキャップを再び被っている。

「南川って誰？　北だの南だの、いろんな名前が出てくるけど」

助手席の船村がたずねた。

「えっと、あなたが腕をへし折って、蹴った男です」

「知らんよ」

「あのままほっといたら、凍死しちゃうと思います」

「いいよ。別に」

男は泣いていた。

「おまえにヤツを助けなくちゃならん義理はないだろう？」

「そ、そりゃ、そうだけど」

ハンドルを握る手が震え、車が蛇行する。横の船村が気になるのか、そわそわと落ち着きがなく、酷く運転しづらそうだった。

「しっかりしてくれよ。この三人で心中なんて、ゴメンだから」

「船村さん、少し口を閉じていてもらえませんか」

後部シートに座り、岩戸は言った。助手席の船村はちらりとこちらを振り返り、「失敬」と右手を挙げて見せる。

岩戸の手元には官給のタブレット端末があり、画面にはウィンドウが二つ。左が平田統制官で、右が青森の指揮車にいる尾崎だ。二人とも、顔が強《こわ》ばっている。

平田が言った。

「先ほどから聞き覚えのある声が聞こえるが、船村捜査官だね」

船村は前を向いたまま、何も答えない。仕方なく、岩戸が代わる。

「報告した通り、現在、船村捜査官と行動を共にしています」

「船村君がいるのは別に構わない。ただ、腕をへし折るだの凍死だのという言葉が耳に入ってはかなわんな」

「会話は怪獣省の専用回線です。傍受される恐れはありません。万が一、聞かれたとしても、怪獣殲滅作戦中の会話ですから、法的拘束力はありません」

平田は鉄仮面とあだ名にふさわしく、眉一つ動かさない。

「それで、頼みの怪獣チェイサーは死亡。映像の入っているメモリーは持ち去られたらしいと」

「はい。船村捜査官の報告によれば、新留萌一帯は、ドラッグ密輸の拠点と化しているようです。密輸組織の覇権を巡る争いも激化しており、抗争の絶え間もないとか」

「つまり、緊急着陸したヘリを、抗争相手と勘違いして、殺してしまった者どもがいると」

「はい。容疑者三名を発見しましたが、尋問を行う前に、船村捜査官がころ……」

「その先は言わなくて良い。で、現在、容疑者の一人が運転する車で、密輪組織の拠点に向かっていると」

「はい」

「しかし、君の報告によると、怪獣チェイサーは、今際の際に『青』と言い残したそうだな」

「正確には『青い』です。ですが、確証がありません。朦朧とした意識の下での言葉ですし、何か他の事を言おうとしたのかもしれません」

「青……ではない、とか？」

「その通りです。今回、失敗は許されません。統制官、一刻も早く作戦指揮に戻りたいのですが」

「よろしい。報告だけは逐次、入れるように」

左ウインドウが消え、目の下に濃い隈を張りつかせた尾崎の顔が大きくなる。今にも弱音が口をつきそうな尾崎を制し、岩戸は言った。

「第一予報官代理、報告を」

「えっと……二大怪獣の進行に変化なしです。日本海を時速一キロから三キロの速度で日本本土に向かっています」

「互いの距離は」

「二・三キロの間隔を保っています」

怪獣にとって、二・三キロがどの程度を意味するのか、岩戸には判らない。それでも、二キロ以上あれば、感知はしていても互いに影響力を与えないというのが、通説だ。

二体が反応し合い、再び争い始めたら万事休すだ。進行を監視するだけとはいえ、尾崎にとっては胃が捻れる思いだろう。

「監視を続行。報告を待て」

「了解」

岩戸との会話で多少、落ち着きを取り戻したのか、通信を切る際、尾崎の顔にはいつもの精《せい》悍《かん》さが戻りつつあった。

岩戸は端末をしまうと、運転席のシートを後ろから蹴りつけた。

「聞いていただろう。日本の命運はあんたらにかかっている」

運転席からは嗚咽《おえつ》しか帰って来ない。

「こっちはタバコの灰だらけの小汚いシートに座って、日本を救う算段をしているんだ。いつまでもメソメソ泣いてなんかいたら、横のおっさんがやる前に、私が喉を掻《か》き切ってやる」

か細い悲鳴が、車内に響いた。

暗くまっすぐな道がどこまでも続く。走り始めて既に三十分ほどになるが、対向車は無論、家の明かりすら見えない。雑木林がどこまでも広がっているようだ。

車の速度が落ち、タイヤを軋《きし》ませながら、左に曲がった。舗装もされていないデコボコ道に入る。遙か正面に、ちらちらと明かりが見えた。専用の携帯で位置を見ると、新留萌から北に四〇キロの地点だった。北海道道旧一〇四八号線を進み、そこから北海道道新二〇四号に乗った。現在、車が進んでいる道は地図上では確認できなかった。

「正面にあるのは、工場跡か？　いや、この辺りには産業廃棄物処理センターがあったはずだ。それもかなり大規模な」

「道内のそうした施設が停止されたのは、二十年近く前ですよ」

「その後、取り壊されたという話も聞かないし、恐らくはそのまま放置されたんだろう。そこが、今、君らのアジトになってるってわけか」

運転手の男は黙ってうなずいた。涙と鼻水は乾き、顔にへばりついている。

「そう言えば、まだ名前を聞いてなかったな」

船村が横目で睨みながらたずねた。

「……東《ひがし》です」

本名を名乗るとも思えなかったが、現状、名前など識別記号にすぎない。

「判った。おまえさんは今から、東な」

車は速度を落とし、小刻みなバウンドを繰り返しつつ、進んでいく。

正面の施設は思っていたより大きく、四階建てのビルほどの高さがある。廃棄物保管庫だったに違いない。

船村は無精髭《ぶしょうひげ》の浮き出た顎をさすりながら、目を細める。

「有害物質が保管されていたかもしれない倉庫か。隠れ場所としては、最適だな」

東はゆっくりと車を進めながら言う。

「ボスは、大丈夫だって言ってましたけど」

「信じてるのか?」

「いえ」

「じゃあ、ダメじゃないか」

建物の強度から見て、放射性物質などが保管されていたとは思えないが、建物内にいまだ有害性のある物質が残っている可能性は高かった。

それでも、船村はどこか楽しそうだ。

「まあ、いいや。で？　中に入る時はどうするんだい？」

「入り口の手前で車を停《と》めて、ヘッドライトを三回点滅」

「アナログだな」

「それが一番、手堅いんだって」

「ボスが言ったのか？」

東はうなずく。

「なかなかやるな、おまえのボス」

「ありがとうございます」

「おまえが礼を言ってどうすんだ。じゃあ、とにかく、その手順を踏んで、中に入ろう」

「でも、そんな事したら、俺が殺されちゃいます」

「別にいいよ」

「よくはないです」

「中にはボスを入れて何人いる？」

「緊急の召集だったから、十人くらいかな。取引日だったら、四十人くらいいます」

「銃を持ってるヤツは？」

「多くはないです。四、五人かな」

「こっちとしては、おまえらが持ち去ったメモリーカードが欲しいだけなんだ。何とか交渉できないか？」

「でも、あんた、もう俺らの仲間二人、殺してるし」

「俺を殺そうとしたからだ。それに、まだ一人だけだ」

　東は黙ってうなだれる。

「何か手を考えろ。上手くいけば、おまえ一人くらい、何とかしてやるよ」

「何とかって？」

「この場にいなかった事にしてやる。稚内《わっかない》でも草津《くさつ》でも、好きな所に行けばいい」

「それだけ？　金は？」

「この場で殺してもいいんだけどな」

「判った、判りましたよ。ひとまず、車ごと中に入るから、ちょっとの間、おとなしくしていてくれます？　俺がボスと話してみるから」

「判った」

　二人の会話を聞いていた岩戸は思わず身を乗りだした。

「船村さん、正気ですか？　こいつ、絶対に裏切りますよ」

「そうかなぁ」

「そうかなぁ、じゃないですよ！」

船村は東の肩を軽く叩く。

「車、止めて」

「え？」

「止めろ！」

車は急停止する。岩戸は鼻先を助手席のシートにぶつけた。

船村は銃口を東に向けたまま、助手席のドアを開き外に出た。車の背後を回り、岩戸の隣に乗りこんできた。

東の座る運転席の後ろに陣取り、銃を構える。

「これで良し。いつでもどこでも、おまえさんの頭を吹っ飛ばせる。変な気はおこすなよ」

東は無言で車を再発進させた。巨大な建物の窓からはちらちらと明かりが見える。中に彼の仲間が潜んでいるのは、間違いないようだ。

車は巨大なシャッターゲートの前で停まり、ヘッドライトを三回点滅させた。

ゲートがギリギリと低い唸《うな》り声を発しつつ、開き始める。シャッターは巻き上げ式だ。ステージのように、ゆっくりと上がっていく。

ガランとした一階部分が見えてきた。中には照明器具が設置され、目が眩《くら》まんばかりの光で照らされている。自家発電機を持ちこんでいるのだろう。ドラム缶が数個置かれ、オレンジ色の炎が上がっている。暖を取るためのたき火だ。そしてそれらを囲むように黒いダウンジャケットを着た男たちが、じっとこちらを睨んでいた。どの顔も荒《すさ》みきっていて、目は虚《うつ》ろだ。キャップ、サングラス、派手な色のマスク、めいめいが好き勝手なものを身につけ、並んでいる。岩戸が数えたところ、総勢十一名。東を加えた十二名の待つ敵陣地に、二人で乗りこんでいくわけだ。

勝算はあるのだろうか。

東が車を入れると、シャッターが閉まり始めた。

船村が言った。

「ボスはどいつだ?」

「正面にいるヤツ。西本《にしもと》って名乗ってる」

がっしりとした巨漢が、殺気を放ちながら顔をこちらに向けていた。色の濃いサングラスをかけているので、視線は見えない。鼻下に薄く髭をはやし、分厚い唇で不遜な笑みを浮かべていた。

「じゃあ、行こうか」

船村が運転席のシートを蹴る。

「え？」

東が怯《おび》えた表情で振り返る。

「外に出ろ。ただし、妙な真似はするなよ。すれば撃つ。俺が撃つ男だというのは、判ってるよな」

東は一つうなずくと、ドアを開けた。居並ぶ男たちに緊張が走り、西本とその周りにいる四人が、それぞれ銃を構えた。皆興奮状態で、目をぎらつかせている。わずかなきっかけがあれば、パニックを起こして撃ちまくるだろう。

東が外に出るのと同時に、船村もまたドアを開けた。彼は東の背後に立ち、こめかみに銃を押し当てる。東は足を震わせながら、両腕を肩の辺りまで挙げた。

岩戸は叫んだ。

「船村さん、危険です。奴らは撃ってきますよ。そんな下っ端の命なんて……」

だが銃声は響かなかった。男たちは銃を構えたまま、ただ、東と船村を睨んでいる。

「岩戸予報官、彼らは思ったより、仲間思いのようだ」

そうなのか？　こんな僻地に巣くう荒くれ者たちが？

船村は東に言った。

「おまえから説明しろ」

「俺？」

「簡潔明瞭にな」

東は汗を垂らしながら、上ずった声で喋り始めた。

「えっと、この人たちは、怪しい者ではありません」

西本が真顔で返してきた。

「充分、怪しく見えるぞ」

「そ、そのぅ、この人たちは、今夜、ヘリのパイロットが持っていたメモリーカードを探しているそうです」

「そんなことより、残りの二人はどうした？」

振り返ろうとする東の頭を、船村が銃口で押し返す。

「えっと、えっと、死にました」

男たちにさらなる緊張が走った。銃の四人の興奮は激しく、いつ引き金を引いてもおかしくない様子だ。

東が続けて叫ぶ。

「待って。この男は相当、やばい。腕も立つ。下手に撃ったら、逆にやられる。メモリー、渡した方がいい」

西本は顔を顰《しか》めた。

「何の見返りもなく、渡せってか」

「それで、命が助かるなら、安いものじゃない？」

「メモリーカードなら、ここにあるぜ」

西本はジャンパーのポケットから、銀色のメモリーカードをだした。指でつまみ、頭上に掲げてみせる。

東が叫んだ。

「それ、すごく大事なものなんだってさ。日本の未来がかかってるとか」

西本は口を開き、ニヤリと笑った。前歯が一本もない。

「そうか」

西本の脇には、炎を上げるドラム缶がある。メモリーカードを持った彼の右手は、ゆっくりとそちらへと伸びていく。

「日本の未来なんて、俺たちにはどうでもいい事だからな。どうしたおっさん。撃ってみろ。撃てば、メモリーは火の中だ」

船村の顔には迷いが浮かんでいる。

「待て。その手を下ろせ」

「命令できる立場かよ。まず、東を離せ」

銃を持つ船村の手が緩んだ。その瞬間、東は素早く振り向き、ポケットからアメリカ製の小型拳銃をだした。グロック26だ。西本たちが持つPL-15Kとよく似ている。

東の表情は、先までとは一変していた。気弱そうな気配は消え、主に牙を剝《む》く狂犬のような目で船村に銃口を突きつけていた。

「ようやっと、隙ができたぜ、このクソ野郎」

船村は両手を挙げていた。額には薄らと汗が浮かんでいる。完全に形勢逆転だ。

「身体検査をしなかったのは、間抜けだったな。まずは銃を捨てろ。油断できねえからな」

「やっぱり、あんたがボスだったのか」

船村が静かに語りかけた。

「あん？」

「本当のボスはあんたなんだろう？　そこにいる西本っていうのは、奪った金品をバイクでここまで運んできた男だ。ナンバーツーなのかスリーなのかは判らないが、ボスではない」

東は引き金に指をかけるのも忘れ、船村の話に引きこまれている。

「何で判る？」

「まずは運転席のシートだ。おまえさん、運転しにくそうにソワソワしていただろう？　シートの位置が合ってないんだ。つまり直前にこの車を運転したヤツはおまえじゃない。バックミラーの位置も変えてたしな。運転していないのに、自分が運転手だとアピールするヤツは、信用できない」

「だからってボスとは限らねえ」

「後部シートにタバコの灰が落ちていた。おまえさん、コンビニでタバコ持ってたよな。人に運転させて、シートでプカプカタバコを吸えるなんて、並のメンバーじゃできないことだ」

「タバコを吸うのは、俺だけじゃないかもしれん」

「腕をへし折ったヤツの腕には禁煙パッチがあった。撃ち殺したヤツは電子タバコの愛用者だったよな。俺が会った三人の中で、灰の落ちる紙巻きタバコを吸うのは、あんただけだ」

束はくぐもった声で笑いだした。

「すげえな、おまえ、名探偵か？」

「普段はこんなまどろっこしい事はしないんだ。会ったらすぐ殺しちゃうから」

「口のへらねえ、おっさんだ。今の状況、判ってる？　あんたは丸腰で逆に銃を突きつけられてる。そして、周りには敵ばかり」

「状況判断はこの仕事の基本だ。おまえ、自分の立場にかなり自信があるみたいだな。だったら、早くそれを証明してみろ。銃を突きつけておきながら、長話をするのは、あまり誉められた事じゃない」

　東の顔に冷徹な笑みが浮かんだ。

「望み通り、そうしてやるよ」

　東は引き金を引いた。何も起こらなかった。

　慌てた東は何度も引き金を引く。船村は笑った。

「おまえがボスだって事は、とっくにお見通しだったんだ。下っ端を装って油断させ、仲間のいるアジトまで誘導して殺してしまおう、そう考えてたんだろう？　こっちだって、それなりの準備はしておくさ」

　東は銃を投げ捨てた。

「弾を抜いておきやがったのか……。でも、どうして俺が銃を持ってると？」

「そんな事より、今度はこちらの番だ。実は、どうしても見てもらいたいものがあってね」

　船村はコートのポケットに手を入れた。

「動くんじゃねえ！」

　東が叫び、銃を持った四人の指に力がこもるのが判った。

　船村は穏やかに微笑みながら、言った。

「落ち着けよ。缶コーヒーをだすだけだ。ほら、コンビニで買ったヤツ。ポケットに入れるところを、おまえも見ていただろう?」

「缶コーヒー?」

「そう、缶……コーヒー」

取りだしたのは、缶コーヒーほどの大きさだったが、先にピンがついていて、船村は親指だけでそれを器用に外した。

「身体検査をしなかったのは、失敗だったな」

船村が缶を地面に転がす。

「岩戸予報官、目を閉じて耳を塞げ」

その言葉が終わった瞬間、凄《すさ》まじい閃光《せんこう》と轟音《ごうおん》が炸裂《さくれつ》した。

スタングレネード。車内から様子をうかがっていた岩戸も、船村の手にあるものを見た瞬間にこれから起こる事を理解していた。ピンが外れると同時にシートに体を伏せ、耳を塞いだ。

それでも、音の威力はすさまじく、聴力はほぼ奪われてしまった。遙か遠くで銃声が数発、男の悲鳴が聞こえた。そのままの姿勢で、さらに十数えた。

ゆっくりと身を起こし、車内からそっと外をのぞいた。

ドラム缶の横に船村が立っていた。銃は持っていない。肩の力を抜き、リラックスした様子で、床に横たわる男たちを眺めている。

建物に入った時に立ち並んでいた男たちは、血を流して倒れていた。気絶しているだけなのか、死んでいるのか、区別はつかない。

ただ一人の例外は、東だ。肩から血を流し、激しく震えながら、床にへたりこんでいる。船村はゆっくりと彼に近づいていった。

岩戸はそっとドアを開き、安全を確認する。広々とした建物内で、動いているのは、船村と東だけだ。

外に出た岩戸は倒れている男たちや血だまりを避けながら、船村の方に向かった。

「船村さん、メモリーは？」

「西本とかいう男が持っていたのは偽物だったようです」

当の西本はドラム缶の横に仰向けで倒れていた。額に穴があき、虚ろな目が天井を見つめている。

岩戸は東に向き直る。

「笹口を殺したのは、あなた？」

東がうなずいた。

「何てことをしてくれた。あんたのせいで、日本が……」

東は涙を流しながら、ポケットから銀色に輝くメモリーカードをだした。

「こ、これ……」

船村が受けとりながらたずねる。

「財布や携帯は西本に渡したんだよな。どうして、これだけ自分で持ってた？」

「中身を早く確認したかったから」

船村の表情が険しくなった。

「コンビニのＰＣか。それで、実際にやったのか？」

東がうなずいた。

船村が首を振る。その意味は岩戸にも伝わっていた。それでもあきらめきれず、岩戸はたずねた。

「内容を見る事はできた？」

「いいや。メモリーをＰＣにさした瞬間、エラーって表示が出て、ＰＣ自体がダウンしちまった」

「何てこと……」

東は腑《ふ》抜《ぬ》けのような表情で、こちらを見上げている。

「な、何？　それがあれば、日本は助かるんだろ？　俺、協力してるぜ。なあ、頼むよ。逃がしてくれよ」

岩戸は足元に落ちている銃を拾い上げた。見た事もない形、手触りだった。3Dプリンターで作った自作銃だろう。中折れ式で、装塡数《そうてんすう》は二発。残弾は一発だ。岩戸は銃口を東に向けた。

「あんたのせいで、日本は終わる」

東はピョコンとその場で跳びはねた。

「な、なんで⁉」

「貴重なデータをセキュリティもなしに置いておくと思う？　正規の手順を踏まずにメモリーを開こうとすれば、自動的に消去されるようになっている。そのくらい、考えなかった？」

「そ、そんな事言われても、俺……」

「船村さん、これって怪獣防災法違反に当たる？」

「一〇〇パーセント。バッチリ」

「逮捕起訴されたら、求刑はどのくらい」

「死刑でしょう」

「なら、ここで執行しても構わないでしょう？」

「もちろん」

東は立ち上がり、一目散に走り始めた。岩戸はその背中に向けて撃った。

乾いた音とともに、東から数メートル離れたところにあるドラム缶に小さな穴が空いた。

船村が苦笑する。

「あまり腕はよくないようですな」

「銃が粗悪品なのよ」

岩戸は空になった銃を投げ捨てる。東はうつ伏せに倒れ、気を失っていた。股間のあたりから、じわじわと液体が染み出ていた。

耐えがたい破壊衝動に襲われた。手近にあるものをすべて叩き壊し、大声で叫びだしたい。感情が抑えきれなかった。予報官としての任務中であるというのに。

「船村さん……私……」

最後の手がかりが失われてしまった。これで、スベトラヤで何があったのか、兵器を飲みこんだのはバーンクラスニーか、ゴルドボーイか。突き止める術《すべ》はもうない。

ロシア側と再度交渉し、新たな証拠を探す手もあるが、もう時間がなかった。

どうすれば……。ロシアは「赤」と言っている。笹口は今際の際に「青い」と言い残した。どっちだ。

岩戸の判断に日本の命運がかかっている。

そんな決断を自分はできるのだろうか。耐えられるのだろうか。死という文字がほんの一瞬、脳裏を駆け抜けた。すぐ傍《そば》には、手下たちの使っていた、弾の入った銃が散らばっている。あれを使えば、自分自身は楽になれる。全日本人の命を背負うという重荷からも、解放される。

「岩戸予報官」

そっと肩に手が置かれた。目深に被った黒い帽子から、彼の鋭い目がのぞいている。

「まだ、終わっちゃいない」

六

新留萌に向かって車を飛ばしながら、船村はどこか楽しそうに見えた。

車は東が運転していたものだ。いまは船村がハンドルを握り、助手席に岩戸が座る。

東は建物内の床に伸びたまま、捨て置かれた。船村の部下たちが到着する前に意識を取り戻せば、自由に姿を消せる。間に合わなければ、そのまま拘置され、闇に葬られるか、適当な時期に釈放されるだろう。

「笹口が持っていたグロック26だが、東京を出る前に、銃器登録を確認しておいたんだ」

船村が言った。二年前から、審査に通れば、国内での銃器所持が認められる事となっていた。

「それが一致したんですね？　東が握っていたものと」

「そう。東はヘリから降りてゲートに向かってくる笹口と鉢合わせた。そして互いに銃を抜き、撃ち合った。笹口は射殺され、東は笹口の所持品を根こそぎ奪った。銃やメモリーを含めて」

「それは判ります。ですが……」

「そう。その流れだと大きな疑問が生じる。パイロットの石田はなぜ殺されたのか」

「石田はコクピット内で死んでいました。笹口が撃たれるところも見たはずです。石田は丸腰でしたから、銃を持った人間に抵抗する術はなかった。それでも、ハッチを閉めるくらいはできたはずです」

「そう。機内に閉じこもってしまえば、東も簡単に手出しはできない。石田にもそのくらい判っていたはず。でも、しなかった。我々が着いたとき、ハッチは開いたままだった」

「東が石田を殺した動機は何なんでしょう。やはり、顔を見られたから？」

「コクピットの位置と笹口が射殺された場所、そして、周囲の暗さを考えると、顔まで見えたとは思えない」

「では、どうして？」

「東たちと会ったとき、薬莢の話をしたでしょう？　覚えてますか？」

「ええ」

「あのときヤツは、こう言ったんです。『なんだ、薬莢の一つくらいで。こいつは今までに何人も殺してる』」

岩戸はうなずく。朧《おぼろ》げではあるが、そう言った事は覚えている。

船村は続ける。

「薬莢一つ。おかしいじゃないですか。現場には射殺体が二つあったんだ」

「にも関わらず、薬莢は一つ……」

岩戸はハッとする。

「東は一発しか撃たなかった」

「そう。東は石田を撃っていない」

「となると……」

「現場にはもう一人、銃を持っている男がいた」

「笹口ですか」

「石田を撃ったのは笹口だろう。遺体を調べれば凶器の銃も判る。恐らく、東が笹口から奪い、私に突きつけたあのグロックだ」

「笹口を撃ち、銃を奪って石田を殺した可能性は？」

「コクピット内の床を覚えていますかね？」

「ええ」

「綺麗《きれい》だったでしょう？」

「ええ」

「東たちの靴は泥だらけだった。もし奴らが中に踏みこめば、床は泥だらけになる」

「でも、動機は何です？　彼ら二人はパートナーだったんですよ」

「二人を対立させる何かがあったのでしょう。聞くところによれば、以前、笹口の編集前動画が流出する事件があったそうですね」

「ええ、ほ……」

星野から聞いたと言いかけて、危うく口をつぐむ。船村はニヤリと笑って、続けた。

「笹口のラップトップPCはネットなどには繋《つな》げず、スタンドアローンにしていたという。ラップトップ内にマルウェアが仕込まれていた可能性は高い」

「ですが、動画は怪獣チェイサーの生命線です。管理は徹底されていたでしょう？」

「もっとも身近にいて、信頼しているパートナーが、それを仕込んだとしたら？」

車は凍結した路面をものともせず、猛スピードで新留萌の町に入った。コンビニの前を過ぎ、廃倉庫跡のゲートをくぐる。

エアーウルフは風雪にさらされながら、その場に羽を降ろしている。

車が停止すると、岩戸は船村とともに飛び降りた。タラップを上がり、機内へ。血の臭いも、石田の遺体もまったく気にならなかった。目当てはシート脇に落ちたラップトップだ。

幸い、最後に見た時のまま、それはその場所にあった。

岩戸はシルバーのラップトップを慎重に持ち上げる。

船村が言った。

「そいつを解析させれば、取りこんだデータをどこに送信していたかが判るはずだ」

七

黒ずくめの男が五人、アパートの外階段を音もなく上って行く。先頭の一人が、二階中程で立ち止まり、目の前のドアを蹴破った。メリメリと内側に倒れこむドアを踏み越え、男たちが室内に殺到する。

「確保」の声と共に、階段下で待機していた岩戸は駆け上がる。

本部に報告を入れる男の声が耳に入る。

「群馬県新桐生《しんきりゅう》市、対象宅に突入、通信機器等、すべて押さえました」

部屋の中に入ろうとしたところを、突入班の一人に止められた。肩を摑まれ、外に押しだされそうになる。

「その人はいい」

岩戸の後ろから声が聞こえる。船村だった。

殺気だっていた男たちが、急にシュンとなり、岩戸に道を譲る。

船村は帽子に手をやると、小さく頭を下げる。

「申し訳ない。うちの連中は礼儀を知らなくて」

電子機器とゴミに埋もれたワンルームの中で、若い男が一人、取り抑えられていた。岩戸は彼の名前すら知らない。ただ、石田と組み、笹口の撮影した動画を横取りして売りさばこうとした男であるとだけ、聞いている。結果的に怪獣防災法に触れる事となった男は、これから連行され、厳しい取り調べに晒《さら》される。余罪も追及されるだろう。

だがそれは、岩戸には関係のない事だった。

突入班の一人が、男のラップトップを開き差しだした。

そこには笹口が撮影した、スベトラヤの光景が映しだされている。「エアーウルフ」機内から撮ったものだろう。地下施設から、土煙が上がり、怪獣のシルエットが立ち上がる。口に咥えているのは、鋼鉄製のコンテナだろう。側面に書かれたロシア語を見れば、中に入っていたものが何であるか、推測はできる。

土煙と吹雪で、怪獣の姿は影法師のように黒くかすんでいる。巨大な口からひしゃげたコンテナが地上に放り投げられる。

間違いない、これが兵器を飲みこんだ瞬間だ。

岩戸は画面に全神経を集中する。どっちだ？　どっちなんだ？

煙が少しずつ晴れていく。細かな雪は、怪獣が巻き上げる風で上空に押し戻された。

ふいに、怪獣の全身が露《あら》わになった。その瞬間は数秒足らずで、画面は再び激しい雪と煙に閉ざされた。

それでも、岩戸には充分だった。

腰に下げた通信機を取る。相手は海江田だ。

「こちら予報班岩戸。Z計画発動。対象怪獣は――」

第二部

死刑囚とモヒカン

一

県境を示す黄色いラインをまたぐようにして、オレンジ色の光点がアメーバのように広がっている。装甲輸送指揮車のモニターを見つめながら、岩戸正美《いわとまさみ》は決断を迫られていた。

山梨県と岐阜県にまたがる宇原《うばら》町。ほとんどが原生林に覆われた山深い場所だ。住人は百人を切り、総戸数は四十九。いわゆる限界集落であり、山梨、岐阜それぞれの県庁から、最寄りの地区へ移住するよう再三の督促が行われていた。

怪獣防災という錦の御旗の元に提唱されている「移住政策」だが、地方住人の強硬な反対に遭い、遅々として進んでいない。

住み慣れた土地を強制的に立ち退《の》かされる事など、あってはならない。岩戸自身は政府の強硬なやり方に賛同できないでいるが、今回のような現場に駆りだされると、あながちお上の理屈にも一理あるのではと思ってしまう。

東京霞ヶ関《かすみがせき》の怪獣省から専用ヘリを使ってここまで一時間四十分。整備がほとんどなされていない悪路を指揮車で踏破し、ようやく着いてみれば、人などまるでいない原野が広がっている。

「メドモス、地中十五メートルで停止」

背後の席から、第二予報官尾崎《おざき》の声が響く。

「分泌液は？」

「地表では確認できず」

岩戸は付近一帯の天候を確認する。この四日間、降雨はなし。向こう三日間は晴天の予報だ。

一方、気になるのは、五日間にわたって発令中の異常乾燥注意報である。

ここで発火したら、一帯は一瞬で火の海だ。

「直近の住居までの距離は？」

「北東二キロの地点に二十人規模の集落があります」

「避難は？」

「未完了です」

岩戸はため息をつく。強硬策はＮＧだ。攻撃がメドモスの発する強燃性分泌液に引火すれば、消化困難な山火事が発生し、その二十人は死ぬだろう。

向かって右側にある赤いボタンが点滅した。殲滅《せんめつ》班の海江田進《かいえだすすむ》からの通信だ。手のひらを叩《たた》きつけるようにして、通信回線を開く。

「状況は？」

感情を排したいつもの低い声。一方の岩戸は苛立《いらだ》ちを隠す余裕がない。

「住人の避難が完了しない。貫通型ミサイルと消火剤での強硬策は却下」

「了解。待機を続ける」

通信を閉じる。

メドモスへの対処方法は二つ。燃やして消すA案と地上に誘《おび》きだして動きを止めるクソ面倒なB案だ。待機と言いつつ海江田は、今ごろ、B案への準備を淡々と進めているだろう。

メドモスは日本で確認されている数少ない小型怪獣の一つだ。体長は最大でも三メートル前後。全身が明るい赤色で、四つ足歩行。トカゲを思わせる体軀《たいく》を持ち、背中には大きなヒレがある。そのヒレの連想から、メドモスは、一時期「モヒカン」のあだ名で呼ばれていた。

旧怪獣庁の叩《たた》き上げたちは、怪獣に独自のあだ名をつける事を好んだ。「白玉」だの「犬もどき」だの、正名が判らぬものが山とあったらしい。作戦行動中は、呼称の不一致一つが大惨事を招く。過去にはそうした「事故」も多くあったと聞く。

それらを踏まえての事か、二十年前、一種一名の原則が定められた。あだ名、別名等での呼称は禁止、作戦中に別名を使えば、厳罰の対象となる。

もっとも、メドモスに関しては、殲滅班所属の古参中心に、長らく「モヒカン」呼ばわりが続いていたらしい。

「モヒカン」あらため「メドモス」は大きさこそ小さいが、性格は凶暴、雑食で腹が減れば人も襲う。大半の時間を地中で過ごし、食餌の時になると地上に姿を見せる。脅威ランクは下から二番目のDで、さほど恐れるレベルではない。しかし厄介なのは、強燃性の分泌液を体表からだすことだ。ひとたび引火すれば通常の消火剤などでは手に負えないほどに火勢が広がる。

「メドモスがまだ生き残っていたとは、驚きです」

尾崎がつぶやいた。メドモスが国内で最後に確認されたのは、七年前。岩戸がまだ第二予報官だったころだ。

一九六〇年代、本格的な怪獣対策に乗りだした日本は、まず小型、中型怪獣の殲滅に本腰を入れた。体長三メートルから十五メートルまでを小型、中型に指定、各地での目撃談などを元に、警察、狩猟免許を持つ民間人の手も借りながら、徹底的に駆逐していった。

メドモスは棲息《せいそく》地域が限られ、殲滅方法も確立されていた事から、七〇年代には相当数が殲滅され、八〇年代以降は目撃数も激減。岩戸も参加した七年前以降、国内において同種の出現情報はなかった。メドモスに関しては、「完全殲滅」の宣言をだしても良いのではないか。そんな声も出ていたほどだ。

岩戸は地図を睨《にら》みながら、言った。

「この一帯では七年前、『最後のメドモス殲滅作戦』が行われた。その生き残りなのかもしれないな」

「七年間も監視の目をよくくぐり抜けられましたね」

「怪獣防衛のリソースを巨大怪獣に集中しすぎた弊害だよ。地底怪獣用に張り巡らした地下電磁網も、体長三メートル以下のメドモスは素通りする。サーモグラフィなどの探知機器も、小型怪獣には反応し難《がた》い。人や車両との誤認を避けるため、一定質量以下のものは拾い上げないよう調整されているからな」

中小怪獣に関しては、一般人の目視通報に頼っているのが現状だ。地中に潜伏し、滅多に地表に現れないメドモスが生き残っていたとしても、まったく不思議はなかった。

怪獣の繁殖についてはいまだ研究途上であるが、日本のどこかでメドモスが密《ひそ》かに数を増やしている可能性を、岩戸は危惧していた。

小型怪獣一匹の殲滅に岩戸がわざわざ出向いてきたのは、その懸念を自身の目で確認したいからでもあった。

「今のところ、確認されたのは、一体だけのようです。付近も探査しましたが、別個体の存在は認められません」

尾崎にも岩戸の懸念は伝えてあった。彼は上層部にも内密で、付近の徹底探査を行ってくれていた。

現在、装甲輸送指揮車が待機しているのは、県道一〇三号線。峠越えの曲がりくねった悪路であり、大型車両の通行は困難だ。メドモスは前方に広がる数ヘクタールの原生林内、北に五キロの位置にいる。地中を時速三キロというゆっくりした速度で進行しており、行く手には住人二十人の集落がある。餌を求め、ヤツがそこを目指しているのはあきらかだった。

岩戸は再び赤色のボタンを押す。即座に応答があった。

「海江田だ」

「これより作戦指揮を殲滅班に移行する。事前に提示したB案に則《のっと》り、殲滅作戦を遂行されたし」

「殲滅班海江田了解」

通信は終わる。

ヘリのローター音が聞こえるまで、一分とかからなかった。

先行する輸送ジェットヘリコプターが、搭載した誘引用合成血液を地表に散布する。

指揮車モニターの赤い表示の移動方向が変わる。尾崎の報告がレシーバーに届く。

「メドモス、地表に向かっています」

餌に食らいついたわけだ。

「北方三キロ、出ます」

モニターはメドモス出現予定地点を捉えた望遠カメラに切り替わる。木々をなぎ倒し、土煙を上げながらまず赤い背びれが姿を見せた。その後、尻尾、頭部が現れる。黄色く濁った大きな目。赤茶けた長い舌が光り、巨大な口が開かれる。

攻撃用ビートル機「雷電《らいでん》」の爆音が近づいてきた。発射された冷凍弾搭載の誘導ミサイル一機が白い尾を引いて、地表に向かう。

メドモスの周辺に、ドーム状になった真っ白な冷気の固まりが膨れ上がった。カメラの視界も奪われるが、衛星から送られてくるサーモグラフィ画像を見れば、変化は明らかだった。メドモスを捉えていた赤い円が消え、変わって零下を示す青い表示に取って変わっている。

メドモスは完全に凍りつき、生命活動を停止させられた。しかし、死んだわけではない。強《きょう》靭《じん》な生命力を持つメドモスは氷解と共に、また活動を開始する。

雷電の爆音が消えた後、再びヘリのローター音が近づいてくる。輸送ヘリだ。機体下部に、赤茶色をしたお椀《わん》型のコンテナを吊《つ》り下げている。特別仕様の防火コンテナドームだ。ヘリはドームを、氷結したメドモス上空から投下する。小型怪獣はお椀にすっぽりと覆われた格好になった。

「雷電」は氷結ミサイルと共に、五分後に起爆するスパイナー式時限爆弾をメドモスに撃ちこんでいた。

爆発は一四〇三《ひとよんまるさん》と聞いている。

岩戸は椅子の背に身を預け、頭の中でカウントダウンを行っていた。何も見る事なく、正確に時間をカウントする能力は、第一予報官になってから身についたものだ。作戦遂行中は秒単位で時間に追われる。時には、一秒に救われる事だってある。いつしか、頭の中に秒針を描きだせるようになった。

三秒……。二秒……。一秒……。ゼロ。

ドーム型コンテナには何事も起きなかった。炎も振動も爆発音も、何もない。

だがその内部では、強力な爆弾が破裂し、凍りついたメドモスをズタズタに引き裂いている。

海江田からの通信が入った。

「作戦終了。これより、メドモスの死体回収に移る」

「了解。予報班、撤収する」

通信機をオフにして、岩戸は緊張を解いた。これより、四十八時間の休暇に入る。尾崎はさっそく、妻に連絡をして、近場の温泉に行く算段を始めていた。

自分は、何をしようか。何もすればいいのか。

携帯が震える。表示された番号を見て、岩戸は思わず口元が緩んだ。

おかげで、退屈しないですみそうだ。

二

東武伊勢崎線《とうぶいせさき》小菅駅《こすげ》を出て五分ほど、指定の喫茶店は裏路地のさらに奥にあった。人通りもほとんどない場所で、店の周りにあるのはシャッターの下りた店舗か、営業しているのかどうかも怪しいスナックや赤提灯《あかちようちん》ばかりだ。

昭和の佇《たたず》まいをそのままに残す店構えに、岩戸は思わず苦笑する。待合わせ相手が好んで使いそうな場所だからだ。

ガラスドアを押し、細長い店内を見渡す。思いがけず、テーブルはすべて埋まっていた。五組あるテーブルにそれぞれ数人の男女が座り、それぞれに難しい顔で互いに声をひそめて語り合っている。テーブルにコーヒーが置かれているが、ほとんど手はつけられていない。

一番奥、厨房《ちゆうぼう》に続くと思われる木製ドアの前に、渡良瀬守《わたらせまもる》は立っていた。彼のトレードマークである丸眼鏡をかけ、温和な笑みを浮かべながら、店内を見渡している。岩戸に気づくと、右手を挙げた。一方、岩戸の姿を見るや、店内の客達はピタリと会話を止めた。渡良瀬が穏やかに告げる。

「私の友人です」

途端に会話が再開された。

渡良瀬は岩戸を手招くと、床に置いた革製のカバンを手に取った。何が入っているのか判らないが、はちきれんばかりにパンパンだ。

「こんな所まで、申し訳ない。思っていたより混んでいましてね。こちらへ」

渡良瀬は木製のドアを開く。厨房かと思っていたが、その先には小さいながら小綺麗《こぎれい》な部屋があった。椅子四脚が、会議用のテーブルを挟んで向き合っている。

渡良瀬は岩戸を招じ入れると、奥の椅子をすすめた。

「妙な場所で驚かれたでしょう。ここは、まあ、ちょっとした隠れ家のような場所でしてね」

大きく息をつきながら、岩戸の向かいに座ると、隣の椅子の上にカバンを置いた。

「ごぶさたをしています。風車事件の時には、お世話になりました」

律儀に頭を下げる。

渡良瀬の職業は弁護士だ。様々な事情で追い詰められた庶民の味方となり、国や企業などを相手に闘う、いわゆる「人権派弁護士」として知られている。キャリアも長く、温厚そうな外見とは裏腹に、しぶとく狡猾《こうかつ》な戦略で、勝ち目のないといわれた裁判を何度もひっくり返してきた実績を持つ。

「旧清水《しみず》区の風車病裁判、逆転勝訴、おめでとうございます」

岩戸の言葉に、渡良瀬は照れて頬を赤らめる。

「いやいや、勝てる見込みは薄かったのですが。あなたのおかげです」

岩戸はドアの向こうに目をやる。

「隠れ家とおっしゃいましたが、ここはやはり、拘置所絡みの？」

「ええ。警察の横暴は年を追うごとに酷《ひど》くなりますし、最近は拘置所での面会にもいろいろと制限が設けられるようになった。違法な取り調べも後をたたない。事情は様々あれど、面会後に話ができる場所が必要でしてね」

店内にいるのは、拘置所での面会を終えた人々なのだ。

「うちの事務所の弁護士を何人か常駐させてましてね。話を聞いているようなわけです。コーヒーは駅前にある懇意の店から届けてもらってます。一般の喫茶店や何かですと、人目もあるし……」

「警察の目もうるさい、ですか？」

「ええ。スパイのような事をする輩《やから》もいましてね。この間は盗聴器が見つかりました」

渡良瀬の目に、怒りの炎が燃え上がる。彼はカバンから、表紙がボロボロになったファイルを取りだした。表紙にマジックで何か書かれているが、擦《かす》れてしまって判読できない。

「今日、お呼び立てしたのは、この件なんです」

渡良瀬の表情は険しい。瞳の中に灯《とも》った怒りの火は、今も燃え続け、岩戸を見据えていた。

岩戸はそっと表紙をめくる。目に飛びこんできたのは、「岐阜県丸茂《まるも》郡放火殺人事件」の文字だった。

「ここは……」

「昨日、あなたはこの付近に出向かれましたな」

「ええ。南西に二十キロほどの所です」

渡良瀬はファイルにそっと手を置いた。

「この事件、記憶にありますか？」

「七年前に起きた事件ですね。丸茂集落の住人が五人、放火で焼死した。犯人も同集落の住人。近所同士の諍《いさか》いが殺人に発展したと、当時、話題になりました」

「逮捕起訴された者が、その後どうなったのか、ご承知ですか？」

「死刑判決が確定。執行はまだされていないはずです」

「その人物が無実を主張している事は？」

「いいえ、知りませんでした」

「私はね、彼は無実だと思っているのですよ」

渡良瀬は、ごくごく軽い調子で言った。怒りも焦りもない、ただ静かな確信に満ちた口調であった。

岩戸は答えに窮する。そもそも、自分はなぜここに呼ばれたのか。

「渡良瀬さん、あの……」

「死刑判決を覆すのは難しい。ほぼ不可能といって良いでしょう。警察だってすべてが無能というわけではない。動機を調べ、証拠を調べ、反論の余地をほぼすべて潰している」

「おっしゃる通り、この五十年で死刑判決が覆った例は三件に満たないかと」

「私は、それをやろうと考えているのですよ」

渡良瀬は笑って言った。

「ですが、それは……」

不可能に近い――、岩戸が言葉を継ぐ前に、渡良瀬は先までとは一転、熱を帯びた口調で言った。

「真犯人を見つけようと考えています」

「は？」

「本当の犯人を見つければ、死刑判決は覆る。簡単じゃないですか」

「ですが、それは……」

現実的に見ても不可能だ。渡良瀬はニヤリと笑って言う。

「それこそ不可能だと思っておられますな」

やはり来たのは間違いだった。完全に渡良瀬の術中にはまっている。

「渡良瀬さん、あの……」

「私ね、犯人に当てがあるんです」

「当て、と言いますと？」

「犯人は怪獣なんじゃないかとね」

「は？」

「あなたが昨日退治した怪獣、メドモスでしたか。奴こそが真犯人ではないかと考えておるんです」

三

「それで君は、資料のコピーを貰《もら》い、おとなしく引き上げてきたと言うわけかね」

「おとなしく引き上げる以上に良い手立てを、思いつかなかったものですから」

平田嘉男《ひらたよしお》統制官はデスクに資料の束を置いた。滅多に感情を表にださない統制官が、苛立っている。デスクを挟んで立つ岩戸と目を合わせず、統制官執務室の白壁を数秒凝視していたからだ。普段の彼は、この数秒の間すらも嫌う。即断即決。彼のモットーが揺らいでいた。

「七年前の火災がメドモスの仕業……。常識では考えられん事だと思うが」

「私も同感でありますが、一応、徹底的に調査をする必要はあるかと考えます。渡良瀬弁護士は、やると言ったらやる人物です」

統制官はデスクの上で手を組むと、小さくため息をついた。これもまた、驚くべき事だ。人に対しわずかな弱味も見せたがらない男が、人前で、それも部下の前でため息をつく――。明日、雪が降っても岩戸は驚かない。

平田は指で膝をトントンと叩きながら、低い声でつぶやいた。

「OBがいろいろと口出しをしてきて、ただでさえ厄介なのに……」

返答は求められていないと判断し、岩戸は黙っていた。それにしても、この件のいったい何が、統制官をここまで動揺をさせるのか。

「岩戸正美第一予報官」

改まった口調で平田が言う。岩戸は自然と背筋を伸ばし、顎を引き、直立不動の姿勢を取っていた。

「任務遂行後の四十八時間の休暇は取り消しだ。現時刻を以《もっ》て、予報官の当番を外れ、本件に専念するように。期限は未定」

岩戸は姿勢を変えぬまま、たずねた。

「予報官の当番変更は、統制官の一存で決定できる事ではありません。できれば、その理由をお聞かせいただきたい」

「人命に関わる非常時として、私が特例で命令する」

「人命に関わるとは、どういう事でしょうか」

「岩戸予報官、今日は何月何日だ？」

「四月十五日です」

「現時刻は？」

「午後一時十三分です」

「今朝、法務大臣より通達が来た。明後日、四月十七日、深夜零時、丸茂集落放火殺人事件の犯人、吉岡一郎《よしおかいちろう》の死刑が執行される」

四

岐阜県丸茂集落で火災が起きたのは、七年前の六月二日の午後十時十五分であった。出火元は、集落のまとめ役でもあった八出高次《やいでこうじ》の自宅。高次は妻理恵《りえ》と二人暮らしだった。当時の集落の人口は三十五名。火の勢いは凄《すさ》まじく、高齢者が大半の住人には、手の施しようがなかったという。山道を踏破し、消防車が到着したのは、通報から五十三分後。その時点で火勢は衰えており、十数分の消火活動で鎮火した。

焼け跡から発見された焼死体は八出夫妻を含め、五名にのぼった。八出夫妻と共に、居間で見つかったのは、丸茂集落の住人、角長道夫《かどおさみちお》と久田五郎《きゅうだごろう》。たまたま八出宅を訪問して奇禍に遭ったものと思われた。

もう一つの遺体は、廊下で見つかった。小野寺五郎《おのでらごろう》巡査長、丸茂集落からバイクで十五分のところにある、臨時駐在所勤務のベテラン警察官だった。火災の通報を受けて真っ先に臨場し、単身、四人を救いだそうと猛火に飛びこんだものの、火にまかれ焼死したものと考えられた。八出家前の路上には、巡査長の警察手帳と拳銃がきちんと並べて置いてあった。猛火のなかへ飛びこむに際し、手帳の焼失、銃の暴発を防ぐため置いたものと思われた。小野寺は殉職扱いとなり、二階級特進、警部補として警察葬が営まれた。葬儀には警察庁長官も訪れたという。

資料に目を走らせていた岩戸は鼻筋を指でおさえ、大きく息を吐いた。

怪獣省の地下一階にある予報官の執務室である。予報官にのみ使用が許され、用途の制限はない。作戦外の時間であれば、自由に使う事ができ、法に触れない限り、何に使っても咎《とが》められる事はない。何かと激務の予報官に与えられた、数少ない「労《ねぎら》いの場」なのだ。

窓もない白壁の部屋には、デスクとチェア、PCなどが置かれている。

岩戸はデスクに向かい、既に数時間を過ごしていた。

警察庁を通じて入手した捜査資料は、目を通せば通すほど気の滅入るものだった。死者五名。死刑求刑は当然といえた。

最も燃焼が激しかったのは、玄関付近。燃焼促進剤として使用されたのは、ガソリンと判明している。

八出宅の玄関先には、ガソリンの入った携行缶が六個、置いてあった。八出はかつて仕事の赴任先で二度、怪獣災害に遭っており、その際、深刻な燃料不足に悩まされたという。その経験が、丸茂で隠居を決めこんでからも抜けず、常に、ガソリンの個人備蓄を続けていたらしい。

ガソリンを一般家庭で保管することは、怪獣災害の際、引火等して被害を拡大する恐れがあるため控えるよう、毎年、政府が通達をだしていた。しかし八出のような高齢者の中には、過去の体験が忘れられず、備蓄を頑《かたく》なに続ける者もいた。

吉岡は備蓄されていたガソリンを玄関周りにまき、火を放ったとみられる。

「逃げ場を封じるために、火をつけたか……」

八出と吉岡の間には、当時、激しい諍いがあったと記録されている。原因は、政府が進めている移住政策だ。人口が百人を切った丸茂集落は、当然、指定移住推進地区に入っていた。国の言う通り、集落全員で指定された地区に移住すれば、住居、引っ越し等の費用はすべて国持ちとなる——。

八出や角長、久田たちは、移住推進派。一方、年老いた母親と二人暮らしであった吉岡は反対派。彼らを中心にして集落は分裂し、代表者である八出と吉岡は、顔を合わせれば喧々囂々《けんけんごうごう》、やりあっていたという。とはいえ、移住推進派に分があるのは明らかで、吉岡たち反対派の抵抗も時間の問題、というところで火災が起きたのだった。

「吉岡の当夜のアリバイはなし。動機あり。右腕に火傷あり。任意同行後、犯行を自供。裁判時に自供を翻すが、一審、二審、最高裁ともに有罪。一年前に死刑確定……か」

岩戸は資料を閉じた。判決確定までの流れに、別段、問題があるようには思えなかった。

一方で、大いに気になる資料もあった。裁判などでは一切、提出されなかった小野寺巡査長の業務日報だ。

放火事件のあった翌年、岐阜、山梨を大規模な怪獣災害が襲った。強靭な怪獣OZ103及びモスカーによって都市部を中心に甚大な被害が出た。死者こそでなかったものの、負傷者多数、また官庁街が灰燼《かいじん》と化したため、電子化の遅れていた書類等がすべて失われてしまった。丸茂集落放火事件の証拠品などは、何とか守られたが、いくつかの事件資料は焼失。小野寺巡査長の業務日報も失われた、との報告がなされていた。だがそれは、嘘《うそ》だった。岐阜県警が意図的に隠蔽していたのだ。

資料を見つけだしたのは、渡良瀬である。彼は、放火事件の起きる二日前、六月三日の業務日誌に興味を持った。

岩戸も問題の日誌のコピーを手に取る。几帳面な字で手書きされた日報だった。

それらによれば、六月三日の午後九時半、丸茂集落の八出から、「虎の唸《うな》り声のようなものが聞こえる」との通報があった。

小野寺はすぐにバイクで丸茂集落に赴き、一人で裏山に入っていた。報告書によれば、彼はそこで、大きな音を聞き、驚愕《きょうがく》のあまり携行していた銃で弾丸を二発発射したと記している。

「だが手応えはなく、発砲の事実を県警本部に報告し、翌四日、県警の担当者と共に裏山を検分。怪獣を思わせる痕跡は皆無。また発射した弾丸は発見できず——」

岩戸は日報を閉じ、今度は自身のタブレット端末を開く。指定のファイルが表示される。

七年前、自身も参加したメドモス殲滅作戦だ。メドモスが出現したのは、五月三十日。場所は岐阜県北部、宇原町の山中だ。丸茂集落から北東に六〇キロの地点である。電波塔点検の作業員が目撃し、通報。即座に位置を特定のうえ、殲滅班が規定通りの手法で葬った。一時間足らずの作戦だった。

メドモスは三匹程度の群れで行動する事もある――。念のため周囲の地下を衛星で徹底的に調査したが、結局、メドモスは一体も発見されなかった。

六〇キロ。人間にとっては大きな数字だが、怪獣にとってはどうか。それがたとえ、体長三メートルの小型のものであっても。

メドモスの発する分泌液はガソリンの組成と似ている。地表近くを移動するメドモスから、分泌液が地表に染みだし、それが爆発的な発火を引き起こして大惨事となった例が過去には何度もある。研究者の中には、過去に起きた火災、不審火の中に、メドモスの仕業であるものが多く含まれているのではないか、と唱える者もいる。

我々が見逃したメドモスが丸茂集落まで南下し、地下から分泌液をまき散らしたとしたら。

しかし、体長三メートルとはいえ、地表付近を移動すれば震動などが起きる。そうした通報が皆無だった事は、怪獣説を否定する根拠にはなる。もっとも、八出宅にいた者は、火災で皆、亡くなっている。震動等を感じていたとしても、それを確認する術はない。

そして気になるのは、六月三日、小野寺の臨場と発砲だ。誤射とされてはいるが、果たして、本当のところはどうだったのか。しかし、こちらも小野寺に直接たずねる事はできない。

これは思っていた以上にハードな案件だ。残された時間はわずか。その間に、白黒をつけねばならない。メドモスはいたのか、いなかったのか。

岩戸の両肩には、吉岡の命が乗っている。

調査の結果、何が出て来ようと、行けるところまで行くしかない。

決意を固めたとき、執務室のドアが開いた。開くはずのないドアだった。予報官が部屋を使用している場合、入室は厳禁だ。緊急事態等の場合は、事前に連絡がくる。

そのドアがノックもなしに開いた。岩戸が目を向けた先には、制服を着用した恰幅《かっぷく》の良い男が、背広姿の男性二名を従え立っていた。

紺色の制服には金色の階級章が輝き、それが警視監である事を示している。自信に凝り固まったような不遜な面持ちに、岩戸は見覚えがあった。

「磯谷《いそたに》警視監」

今年、警察庁首席監察官に抜擢《ばってき》された男だ。

「岩戸予報官、お会いできて光栄だよ」

親しげな口調の中にも傲慢さが垣間見え、何とも不愉快な気分になる。

「突然の失礼をお詫《わ》びする。正式な手続きを踏んでいる暇がなかったもので」

「首席監察官が、怪獣省のこの部屋に、ノックもなしに入って来るとは、いったいどのような緊急事態なのでしょうか」

「怪獣省の、しかも切れ者の予報官が、過去の放火殺人事案を嗅ぎ回っている。そんな話が耳に入ってきたものだからね」

怪獣省の権限は、現状、警察を上回る。しかし、警察庁首席監察官ともなれば、いくら第一予報官とはいえ、言動には注意、警戒が必要だ。

吉岡の件を調べ始めた時点で、ある程度の介入は覚悟していた。しかしよもや、ここまでの人物が、しかも直接乗りこんでこようとは。

「それは首席監察官の勘違いでは？　私が行っているのは、あくまで怪獣事案の検証です」

「お惚《とぼ》けは困るな。こっちは君らとは違って、年中、人間を相手にしているんだ。舐《な》めてもらっては困る」

警察畑を歩む者のみが持つ、抗《あらが》いがたい圧力を磯谷も身につけていた。相手の土俵に乗せられては、分が悪い。

「磯谷首席監察官は、七年前、岐阜の県警本部長として赴任中でしたね」

「ああ」

「丸茂集落の事件においては、積極的に捜査に参加。陣頭指揮まで執っておられた」

「大変、重大な事件だったからね。その評価もあり、事件解決後、本庁に戻り、現在では要職に就かせていただいている」

「そんなあなたが、なぜ、怪獣省の案件に口だしを?」

「惚けるのはよせと言っただろう。あの事件は、吉岡で決まりだ。この大事な時期に、くだらん事で振り回されたくない」

「渡良瀬弁護士の件、もうお耳に入っているようですね」

「当然だ。まったくあの手の輩は……」

磯谷は苛立ちを隠そうともしない。

「確定済みの案件をほじくり返されるのは、非常に不愉快だ。結果によっては、うちも法務省もダメージを食らう」

「しかし、これには人の命がかかっています。ダメージを食らいたくなければ、まず法務省に働きかけ、刑の執行を……」

「それがダメージだと言ってるんだ。君は一人正義漢を気取っているが、あんたの所だって無事では済まんぞ」

岩戸の痛いところをついてきた。さすがだ。

手応えに磯谷は嫌な笑みを浮かべる。

「いま、問題になっているのは、小型怪獣、名前は……メドモスだったな。もし今回の案件が、渡良瀬の言う通りメドモスの仕業だったとすれば、大問題になるぞ。なぜ怪獣省の誇る探知システムは、事前に犯人であるメドモスを探知できなかったのか？」

磯谷は気持ち良さそうにまくしたてる。

「過去の事案とはいえ、あんたがたも無事では済まん。静観していた方が身のためだと思うがね」

吉岡の件が引っくり返れば、警察は世論の袋だたきに遭うだろう。その際、彼らはこぞって怪獣省も巻きこもうと立ち回るに違いない。一蓮托生。怪獣省も批判の矢面に立たされる——。

磯谷は「どうだ？」と口の端を上げてみせる。悔しいが、岩戸に返す言葉はない。

「いいか、渡良瀬のような、人権派とか言われている奴らは、常に我々の足元をすくおうとしている。今回の件だってそうだ。まともに取り合う必要はない。それに……」

磯谷は背後に控えるお付きの二人を気にしながらも、低い声で、もっとも言ってはならない一言を付け加えた。

「あと、少しで終わる」

岩戸は手をテーブルに叩きつけていた。

「あんた、本気で言ってるのか」

「それは何の真似だ。無礼だろう」

「人の命を何だと思っている?」

「警察庁として、今回の捜査には断固、抗議する。岩戸予報官、君のその無礼についてもだ。首席監察官である私の抗議は、いかな怪獣省でも無視できまい」

「あんたが何を言おうと、怪獣省の方針は変わらない。怪獣事案に関する限り、一般市民だろうが、首席監察官だろうが、我々を止める権限はない」

「それはそうかもな。だが、こちらの抗議を無碍《むげ》に突っぱねるだけの勇気が、あんたの上司たちにもあればよいのだが」

岩戸の携帯が震えた。このタイミングだ。良い内容であるはずがない。平田統制官からであろうと着信画面を見て、思わず手が震えた。

土屋《つちや》昭彦《あきひこ》怪獣大臣からだった。

彼はいつも通りの穏やかでいて、有無を言わせぬ口調で言い切った。

「自重してくれ」

すべてが、磯谷の思惑通りに進んでいる。

磯谷はもう用済みとばかりに、岩戸に背を向けた。

岩戸には、彼を引きき留める術はない。

磯谷は背を向けたまま笑った。

「今回の件は、君の勇み足という事で決着させよう。処分はなるべく軽く済むよう、私の方から働きかけておくよ」

終わりだ。

執務室から出て行こうとする磯谷の足が、止まった。彼の背に遮られて見えないが、彼らの行く手に誰かが立ち塞がっている。

「磯谷首席監察官、すみません」

「何だ、おまえは？」

色あせた薄手のコートをはおった船村秀治《ふなむらしゅうじ》の姿が、磯谷の肩越しにちらりと見えた。

「警察庁特別捜査室の船村と申します」

「特別捜査室？　何だ、それは。聞いた事もない」

「まあ、窓際の中の窓際と言われる部署ですので。一応、怪獣絡みの事件が起きた時に呼ばれまして、怪獣省の関係者と共に後処理をするという……」

「おまえの仕事なんて、どうだっていいんだよ。で、そんな下っ端が何の用だ」

「怪獣災害で死者が出た場合、こちらにすべて報告が参ります。最近は死者ゼロが続いておりますので、まあ私の部署は暇と言いますか、することもなく平和そのもの……」

「さっさと要点を言え！　鬱陶しい」

「失礼しました。聞くところによれば、七年前の殺人事案に怪獣が関わっていた可能性が浮上したとか」

「おまえ、どこからそれを⁉」

「一応、職務ですので、こうした情報は必ず入る手はずになっています」

磯谷はこれ見よがしに舌打ちをする。

「いずれにせよ、おまえが関わるような事案ではない。さっさと持ち場に帰れ」

「そうは参りません。規程によれば、怪獣省職員と合同で捜査を行うと……」

「規程なんか知るか。オレは首席監察官だぞ。いちいち口出し無用だ」

「しかし……これは長官からの命令でありまして……」

「長官？　おまえごときが、長官から直々に命令を受けられるはずもないだろうが」

「しかし……」

磯谷はおもむろに自身の携帯をだし、どこかにかけた。恐らく長官だ。トップに直通の回線を持つ。それは磯谷の示威行為でもある。船村は俯《うつむ》いたまま、磯谷の前でシュンと身を縮めていた。

「磯谷です」

長官との会話は二十秒とかからなかった。通話を終えた磯谷は怒りでこめかみをひくつかせ、船村を見据えた。

「規程通りにしろとのお達しだ」

「ご迷惑はおかけしません。岩戸予報官と型どおりの調査をするだけです」

磯谷は船村の胸ぐらを摑《つか》み上げると、己の顔を近づけた。

「気に入らない野郎だ。この件が終わったら、おまえの部署ごと潰してやる。覚悟しておけ」

「そ、そんな。私はただ自分の職務を……」

「窓際の虫けらが」

船村を突き飛ばすと、磯谷は足音も荒く、廊下を歩き去った。

エレベータに乗るのを見届け、船村は突き飛ばされた壁際から、ようやっと背を離した。

部屋に入ると、コートの埃《ほこり》を払いつつ頭を下げた。

「岩戸予報官、ごぶさたしています」

「こ、こちらこそ……」

「ご覧の通り、今回の一件は、私の管轄へと移りました。ついては、怪獣に詳しいあなたの助言をいただきたい。ご一緒していただけますか」

「もちろん、喜んで」

五

黒のセンチュリーの広々とした車内で、岩戸はようやくリラックスする事ができた。首筋は凝り固まり、動かすと嫌な音がする。

猛スピードで流れ去る外の風景を見やりながら、横に座る船村に言った。

「警察庁の横やりが入る事は予想していましたが、あそこまで強硬だとは思いませんでした」

船村はしょぼくれた格好のまま、今も資料に目を落としている。

「死刑判決が引っくり返れば、当時の捜査に関わっていた首席監察官も無傷とはいきません。庁内はいまごろ、大騒ぎでしょうなぁ」

「船村さんだって、所属はその警察庁じゃないですか」

「窓際部署のお飾りなんでね、こういう時は気楽ですよ」

船村の実態を知る岩戸は苦笑するしかない。実際、二人で怪獣省を出ると、表門のロータリーには、このセンチュリーが停《と》まっていた。屈強な運転手がドアを開き、岩戸たちを待ち受けていた事で、この車が船村の手配によるものだと知った。

今の岩戸は、大臣からの命令で「自重中」だ。怪獣省の車を使うわけにはいかない。一方で、警察庁船村の捜査に協力をする身ならば、船村手配の車で移動する事に、何の問題も無い。

船村は資料をめくる。

「小野寺氏の日報によると、通報してきた八出氏は、『虎の唸り声』のようなものを聞いたとあります。これについて、何か意見は？」

「メドモスは咆哮《ほうこう》する事はあまりなく、低い唸り声をたてます、その声は、虎やライオンによく似ている——と言われています」

「何とねぇ……」

「しかし、巡査長が分け入った裏山は、相当に広く、整備する人手もなかったため荒れ放題だったとか。野生動物もかなり増えていたと推測されます。イノシシや鹿による食害も報告されていますし、野犬の姿を見かけたとの通報も」

「でも、虎はいないだろうねぇ」

「え、ええ。もちろん」

「もう少し資料が残っていたら良かったんですがねぇ。せめて、過去にそうした通報がどのくらいあったとか。その手の情報は怪獣省の方には残ってないのかな」

「怪獣関連の通報が警察に入った場合、どれほど些細《ささい》な事であっても、怪獣省に報告する義務はあります。ただ、実際のところは必ずしも守られてはいません」

「予算と人手の問題か。怪獣関連は、とにかく金を食うから」

「おっしゃる通りです。実は既に丸茂集落近辺からの通報、報告に関しては調べました。答えは『いかなる通報も存在せず』でした」

「七、八年前、随分と叩かれた時期がありましたね。フル装備で出動して、犬一匹。そんな事が続いた頃だ。税金の無駄だとか言われて」

その問題は国会でも取り上げられ、紛糾した。船村は意味ありげな調子で、つぶやいた。

「人によっては、怪獣省への通報、報告をしないよう、内々に通達する者もいたらしい……ですねぇ」

「例えば、磯谷元県警本部長……」

「彼ならやりそうだ。いずれにせよ、八出氏の通報と小野寺巡査長の臨場は公式には報告されなかった」

「問題はもう一つあります」

岩戸の言葉を受け、船村は額をペチンと叩く。

「小野寺巡査長が一人で臨場したこと……でしょう?」

岩戸はうなずく。

「はい。通常、二人一組で行動するのでは？」

「経費の節減という事で、丸茂集落のような人口減少地域では、一人態勢が常態化していたようですね。磯谷首席監察官であれば、当然、それに倣っただろうからねぇ」

「小野寺巡査長、怖かったでしょうね。怪獣が潜んでいるかもしれない夜の山に、一人で入っていかねばならなかったんですから」

「だから、ちょっとした風の音にも過剰に反応、銃を誤射してしまった——そういう見方もできるわけだ」

「え、ええ」

「怪獣なんていなかった。あれはやはり吉村による放火殺人だった。そう決まれば、予報官としては一安心」

「意地悪な言い方は止めてください。私の立場なんてどうでもいいんです。今は吉岡さんの事を……」

「さあ、ボチボチ到着だ」

船村は資料を閉じると、両腕を上げて伸びをした。

「放火殺人の後、結局、丸茂集落の住人は散り散りになってしまった。もはや集団移住を取りまとめる気力もなかったんだろうねぇ。多くは岐阜、山梨の都市部に移り住んだ。そして、未曾有の怪獣災害に遭った」

「ＯＺ１０３とモスカー」

「住人たちは命からがら、また新しい住み処《か》を求め、全国に散った。何ともやりきれない話だ」

「丸茂集落の元住人で、首都圏に住む一人が、これから会う立石淳子《たていしじゅんこ》さんなんですね」

「ああ。彼女が八王子《はちおうじ》にいたのは、ラッキーだったよ」

車は速度を落とし、広大な敷地の中に七階建てのマンションが整然と建ち並ぶ、八王子団地へと滑りこんだ。


「まあ、自分一人なので、何とかやってますけど」

テーブルにカップを並べながら、立石淳子は寂しく笑った。七十七歳。足腰が痛むのか、動作は緩慢だった。

「移住計画はなくなりましたけど、あんな事のあった土地には、もうちょっとねぇ。愛着はありましたけれど」

団地の西六号棟の二階だ。日当たりは悪くなく、１ＬＤＫと一人暮らしには十分な広さもある。

現在、団地の人口は約四万人。二万一千世帯が百棟のマンションで暮らしている。敷地内にはショッピングモールを始め、郵便局、学校、市役所などもあり、その規模はもはや団地というよりは街である。地下には都心直通の地下鉄が通り、怪獣防災用として、団地を取り囲む防御壁も設置されていた。北に二〇キロの地点には「八王子殲滅特区」が設けられており、有事の際も、即座に殲滅活動がとれるよう整備されている。

日本全国の都市部郊外には、こうした団地が作られ、移住者の受け皿になっていた。

八王子団地の規模は日本最大で、どこも人で溢《あふ》れており、何より、若者、子供の多さが、輝く未来を想起させ、自然と明るい気持ちになる。

しかし、カップに茶を注ぐ立石に、そうした希望の輝きはない。

「一度は丸茂から山梨市にね、家族で移ったんですよ。仲の良かったお隣さんや集落の何人かも一緒にね。それが、怪獣にみんなやられてしまって」

奥の部屋には仏壇があり、両親、夫、子供と思われる遺影が並んでいた。

「一人、生き残っちゃってもね……」

怪獣災害による死者、負傷者のカウント方法には、いくつかのルールがある。その一つが、被災四十八時間ルールだ。つまり、怪獣災害によって重症を負ったとしても、四十八時間生存すれば、たとえその後死亡したとしても、それは怪獣災害死には含まれない。

このルールによって、日本政府が誇る「怪獣災害による死者ゼロ」の継続に懐疑的な国民は多かった。

立石の親族、家族は皆、二度の怪獣災害で大けがを負い、病院で亡くなった。四十八時間ルールで怪獣災害死亡にはカウントされなかったが、怪獣によって命を奪われたという事実に変わりはない。

冷たい沈黙の中、岩戸はカップに口をつけたが、茶はほとんど味がしないほどに薄かった。

「それで、七年前のあの事ですけど」

立石は向かいに座りながら、やはり暗い声で言った。

「八出さんも、巻きこまれた皆さんも、あんまりにも気の毒でねぇ。あと、火を消そうとして亡くなられた警官の方」

「小野寺巡査長です」

「そう。仕事熱心ないい方でね。パトロールの日はいつも顔をだしてくれて。気さくで話しやすい、ホント、いい人だった」

話す事で、少しずつ当時を思いだしてきたのだろう、立石の表情に温かさが増してきた。故郷への想《おも》いは、いまなお断ちがたいに違いない。

「それで……」

質問に入るきっかけをうかがいながら、それとなく船村の様子を見る。味のしないお茶を美味そうにすすりながら、人の好《よ》い笑みを浮かべ、部下に付き添ってきた温厚な上司を装っている。岩戸にすべて任せるという「意思表示」のようだった。

「立石さん、それで、七年前の六月の事なのですが」

彼女は首を傾《かし》げつつ、憂いを帯びた表情でつぶやく。

「正直、あまり覚えている事はないのよ。あの頃は家の中も賑《にぎ》やかで、家のことに子供たちの世話にって、あっという間に一日が終わってしまって」

「ご記憶の範囲で結構です。放火の起きる二日前、六月三日なのですが、午後十時ごろ、小野寺巡査長が裏山に入られた事はご存じでしたか？」

立石は目をぱちくりさせた。

「いま、初めて聞きました。三日の日って……さあ、何してたかは覚えてないけど、早々に布団に入って寝てしまった事はたしかです。小野寺さんの事なんて知らないわ。でも、どうしてそんな時間に？」

「虎のような唸り声を聞いたと通報があったんです。怪獣かもしれないと念のため、確認に」

怪獣の一言に、立石が身構えたのが気配で判った。

「そう……。でも、私たちの家も裏山の近くだったけど、そんな気配、感じた事もなかった」

「六月以前、怪獣のような声を聞いたり、何か振動を感じたりした事は?」

立石は静かに首を振る。

「静かな場所で、聞こえるのは鳥の鳴き声くらい」

怪獣なんて、と吐き捨てるように言った立石はそのまま口を固く結び、岩戸たちから顔をそむけてしまった。

このくらいにしておきましょう、岩戸は船村に目で合図を送るが、彼は鋭く冷たい視線を立石に向けるだけで、動こうとはしない。

「船村さん……」

岩戸がそう言いかけたとき、立石が窓の外をぼんやりと見ながら、つぶやいた。

「そういえば、あの頃、丸茂からそう遠くないところで怪獣騒ぎがありましたねぇ」

「六〇キロほど離れた場所で、小型怪獣が出ました。人的被害はなく、殲滅されています」

「そう、それ。『モヒカン』とかいう怪獣。ニュースを主人と見たわ。小野寺さん、四日にも集落に来て、その話をしてた。まさか、その次の日に、あんな事になるなんてねぇ」

岩戸の鼓動が早くなる。

「立石さん、その『モヒカン』という怪獣名ですが、どなたからお聞きになりました?」

「え? さあ、ニュースでアナウンサーが言ってたんじゃないかしら」

そんなはずはない。メドモスとモヒカン。怪獣の二重呼称は禁止されていた。それは放送局も同じだ。アナウンサーが怪獣名をあだ名で呼んだりしたら、それこそ、局長クラスのクビが飛んだはず。

そこでようやく、船村が口を開いた。物腰柔らかな、市役所にいる生活相談員を思わせる口調だった。

「立石さん、ゆっくり思いだしてみましょう。その日、六月四日ですね、どなたかと怪獣の話をしましたか？」

「いいえ。まあニュースで見て、怖いねえくらいの会話はしましたよ。でも、その日は来客もなかったし……」

「来客、本当にありませんでしたか？」

「ええ。買い物に出かけて、多分、ご近所の人と話くらいしたと思います。ああ、八出さんの奥さんにも会いましたねぇ。でも……」

パンと彼女の手が打ち鳴らされる。

「小野寺さんだ。そう、買い物帰りに道で会ったんですよ」

「その時、小野寺巡査長に何か、変わったところは？」

「いいえ、いつも通りでした。そう玄関前で少し立ち話を。そのとき、私、たずねたんです。

この辺、怪獣は大丈夫かしらって」

「小野寺さんは何と？」

「大丈夫だろうと言ってました。その時、モヒカンっていう怪獣の事を話してくれて。そんなに大きくなくて、あっという間に退治できちゃうんだ。だから、心配いらないよって」

「モヒカンという名前はその時、聞いたんですね」

「はい。それは今でもはっきり覚えてます。あの、それが何か？」

「いえ、ちょっと念のため、おききしただけです」

「こんな事、きいちゃだめだろうと思って、黙ってたんですけど、どうして今ごろになって七年前のことを？」

「一昨日、旧丸茂集落のそばに——そばと言っても、何十キロも離れてるんですがね——、怪獣が出ましてね」

「ニュースで見ました」

「まあその関連で、あの地域一帯の聞き取り調査みたいな事をね。まあ、念のためです」

「そうですか」

船村の巧みな言い訳に、立石はあっさりと納得したようだった。

「では、我々はこれで」

船村がすっと立ち上がる。岩戸も慌ててそれに倣った。

立石は黙って立ち上がり、深く頭を下げた。そのまま、また窓の外をぼんやりと見つめる。

「今は一日が長いの」

玄関へと向かう岩戸の後ろで、そんなつぶやきが聞こえた。

六

センチュリーに戻ると、岩戸は徒労感に包まれ、シートに力なく身を預けた。

「これと言った収穫は、ありませんでしたね」

一方の船村は、携帯に何事かを打ちこみ、ニヤリと底の知れない不気味な笑みを浮かべた。

「彼女、怪獣の名前をモヒカンと言ってました」

「ええ。メドモスのあだ名です」

「しかし、いまそう呼ぶのは厳禁とされているんでしょう？」

「三十年前に、怪獣省が二重呼称禁止令を通達しましたから。以来、公式、非公式を問わず、メドモスをモヒカン呼ばわりする人間はいないはずです」

「でも七年前、小野寺巡査長はモヒカンという呼称を使っています」

「小野寺巡査長は殉職時四十五歳でした。二重呼称禁止の通達が出たとき二十二歳。既に警察官になっています。怪獣災害などで、怪獣省職員の口から、『モヒカン』と聞いた可能性はあります。それがつい口をついただけなのでは？」

「しかし、あなたから頂いたデータによれば、メドモスは八〇年代以降、ほとんど出現していない。であるから、彼がメドモス相手の作戦に参加したはずもない。たとえ、『モヒカン』というあだ名を聞いたとしても、それがメドモスだとは判らないんじゃないか？」

岩戸はにわかに興味をかきたてられた。

「巡査長はどこかで、『メドモス』が『モヒカン』であると聞いた」

「聞いたのは、立石さんと話す、少し前くらいではないですかね。だから、つい口をついて出てしまった」

「七年前、怪獣省で『モヒカン』を口にしそうだった人物は？」

「絶対にいません。二重呼称禁止は徹底されていますから。知られれば、厳罰です」

「となると……」

船村は指で膝をトントンと叩く。その指の動きが、平田統制官の指に重なる。

『OBがいろいろと口出しをしてきて――』

閃《ひらめ》いた。

「怪獣省ＯＢはどうでしょう？　二重呼称禁止令以前に職員をしていた者なら」

「可能性はありますな。自分を大きく見せるため、わざと『モヒカン』を使うヤツもいるでしょう」

岩戸は携帯を取り、尾崎にかけた。

放火事案につき、怪獣省としては動けない岩戸だが、これに関しては独自に動ける。何しろ、二重呼称禁止令違反。れっきとした怪獣省案件だからだ。

「尾崎予報官？　休暇中にすまない。至急、調べて欲しい事がある」


警視庁高田馬場《たかだのばば》署三階にある応接室のドアが開いたのは、午前三時を回るころだった。制服警官に付き添われ、杖《つえ》をついた老人が一人、入って来た。こんな時間であるにも関わらず、皺《しわ》一つないスーツを着こみ、足取りはおぼつかないながらも、介添えしようとする警官の手を邪険に振り払っている。

久保純一郎《くぼじゅんいちろう》、九十六歳。背筋を伸ばし、ぐっと顎を引いたまま、岩戸と船村に向かって美しい敬礼をした。

自衛隊上がりの怪獣省ＯＢ。怪獣庁時代を知る歴戦の猛者《もさ》の一人である。白く長い睫毛《まつげ》の向こうで光る目は、どこか挑戦的ですらあった。

敬礼に対し、深く頭を下げた岩戸は、奥のソファをすすめる。久保は無言で腰を下ろした。

「このような時間にご足労いただき、ありがとうございます」

「何の。怪獣省からの呼びだしとあらば、いつどこへでも参りますよ」

「恐れ入ります」

「しかし――」

久保は部屋を見回し、言った。

「なぜ、警察署なのですかな。怪獣省の関連施設なら、ほかにもたくさんあるはずだが」

「少々、込み入った事情がありまして」

「まあ、それなら深くはききますまい。私も怪獣省OBとして、怪獣災害時の心得を、警察署などで講演して回っておりましたので」

「特別講師を長らく務めていただいていたと聞いています」

「常日頃は何かというと、警察ですが、いったん怪獣が出たとなると、まあ、大して役にたちゃしません。そこはやはり、専門家集団たる、我々がですな、出張っていかにゃならん。その辺の線引きをね、きっちりやっていくべきと、ワシは思うわけですよ」

聞かれもしない事を喋《しゃべ》りだした久保を前に、岩戸の手は汗ばんでいた。幸い、部屋に警察官はいない。しかし、こうした前時代的な認識の人物は、何とも扱いにくい。

「ええっと、久保さんは、怪獣庁当時から、殲滅班の所属でいらした」

「はい。殲滅班第三班の副班長をやっておりました。当時は装備面でも今とはまったく違っておりましたからな。もういつ死んでもおかしくないという状況ばかりで、女房にも随分と心配をかけましたよ、ははははは」

「それでですね、怪獣省をご勇退された後は、特別講師として講演活動をされていた。その時のご担当は中部地区」

「愛知、岐阜、長野、あちこち行きました。どんな小さな警察署へでも出向きましたぞ」

「岐阜の丸茂集落について、ご記憶はありますか？」

「丸茂？　ああ……！」

「ありますか」

「ないな」

「現在は消滅した地区になりますが、当時は岐阜県北地区の第四グループに所属しており、何度かご講演に……」

「覚えとらん。何しろ、あちこち、行ったからなぁ」

意気軒昂ではあるが、記憶はおぼつかない。何とも厄介な相手だ。さてどう攻めたものかと思案しているうちに、横に座る船村がひょいと口を開いた。

「モヒカンってご存じですか？」

久保はしっかりと生えそろった白い歯を見せて笑う。

「無論、知ってる。ありゃあ、メドモスとかいう……」

口を開いたまま、久保はぴたりと静止し、やがて猜疑心《さいぎしん》に満ちた目で船村を睨んだ。

「あんた、なんでこんな事をきく？」

「あなたがご講演の中で、『モヒカン』という呼称を使ったのではないかという疑いがありましてね」

「な、何だと⁉」

「例えば七年前、岐阜県の第四グループで講演をされた時です」

「バ、バ、バ、バカな事を言うな。ワシを誰だと思っとる？　二重呼称禁止くらい、肝に銘じておるわ」

「しかし……」

「講演なら、すべて記録が残っているはずだ。それを調べれば、判る」

久保は憤怒《ふんぬ》の形相だ。

「残念ながら、当時の記録は、怪獣災害で失われました。確認のしようがないのです」

「これはいったい何なんだ！」

久保は船村を指さす。

「さては、きさま、怪獣省の監察官だな」

「いえ、私は警察庁の者で、船村と……」

「何、警察ぅ！　けしからーん」

「久保さん、落ち着いてください。私はね、別にあなたを処罰しに来たわけじゃないんだ」

「当たり前だ、警察庁ごときがワシを処罰だなどと百年早い」

岩戸は頭を抱え、怒号が頭上を飛び交うに任せた。

気がつけば、久保は涙を流しながら怒鳴っていた。

「一生を怪獣庁、怪獣省に捧げてきたのだぞ。老い先短い身となった今、突然、二重呼称禁止令違反の疑いをかけられ、惨めにも取り調べを受けるなど、いったいワシの一生は何だったのか」

「だからね、別に何かを咎め立てにきたわけじゃないんだって」

「講演で『モヒカン』などと口走ったことはなぁい！」

「しかし、第四グループの講演前に、その近くでメドモスの殲滅作戦が行われている。講演でも、その話題は出たはずだ」

「無論、出た。小型怪獣出現の際の注意点も述べた。しかし、『モヒカン』とは言っていなぁい！」

船村も口を閉じ、険悪な睨み合いとなった。

警察官は年に二度、怪獣災害時の対処法について、レクチャーを受ける事が法令で定められている。その業務に当たるのが怪獣省ＯＢを中心とした「宝英会《ほうえいかい》」である。全員がＯＢであるから、当然、「宝英会」メンバーの年齢は高い。二重呼称禁止前から職務に就いている「怪獣庁組」も含まれている。現場第一主義であった彼らは、自身のやり方、言動等を変える事を好まない。

警察官であった小野寺に「モヒカン」の呼称が伝わったのは、怪獣省ＯＢ経由である可能性がもっとも高いのではないか。そう考えた岩戸は尾崎に調査を命じた。多くの記録が消失しているため、講演日時などは判明しなかったが、小野寺が出席していた講演会の講師が久保である事までは手繰《たぐ》る事ができた。

そういう訳で、高田馬場の特別官舎に住む久保を、署まで呼びだしたのだが、案の定と言うべきか、彼は自身の誤りを認めようとはしなかった。

言った言わないの水掛け論は、時間の無駄でしかない。

それに、もし「モヒカン」の件が明らかになったとしても、それが放火殺人に新たな進展をもたらすかどうか判らない。

吉岡の死刑執行まではあと一日だ。さすがに、もう無理かもしれないな。

弱気の風が岩戸の胸中を吹き抜けていったとき、部屋のドアが音をたてて開いた。

大股で入って来たのは、八十半ばと思われる女性で、痩せてはいるが、久保以上に矍鑠《かくしゃく》としており、そして何より、メラメラと燃えさかる生命力があった。バラの模様が入ったパープルのカーディガンに、グレーのレディースパンツ。ウエストの部分から調整用のゴムが飛びだしている。

女性を一目見た久保は「美絵子《みえこ》！」と声を上げて、船村に向けていた険しい表情を慌てて緩めた。

「お、おまえ、来てたのか」

「ドアの向こうで聞いてましたよ。何ですか、偉そうに、ああだこうだ」

「いや、そのあれは……」

「まったく、いい歳して怪獣省のＯＢだのなんだの、昔語りばかりで、若い人はほとほと迷惑していますよ」

「そんなふうに言うこたないじゃないか。あれだって、もともとは頼まれて……」

「いい気になって自慢話ばかりしてるから、煙たがられるんですよ」

「……わ、判った」

どうやらこの女性、久保の妻で美絵子というらしい。ドアの向こうで待機させていたのは、船村の差し金だろう。

美絵子は久保が座るソファの前に仁王立ちとなり、こんこんと説教を続ける。

「もう少し自分をわきまえなきゃあ。歳を考えなさい」

「はい、申し訳ない」

久保は膝を揃《そろ》え、小さくなってうなだれている。

「それにあなた、嘘をついちゃダメですよ」

「嘘だと？　ワシがいつ、嘘をついた」

「モヒカン。あなたが言ってるの、聞きましたよ、私」

船村が目を閉じたまま、耳をそばだてている事が判る。

「七年前のことでしょ。私、日記をつけているから、よーく覚えてます。あの時は、講演会に私もついていったんですよ」

「いや、おまえが何と言おうと、講演会でモヒカンだと言いやせん！」

「そこはさすがですよ。講演会は、まあ退屈でしたけど、ちゃんとしてましたよ。後ろの方の人はほとんど寝てましたけどね」

「余計な事はいい。ではワシがいつ、モヒカンと言った？」

「ホテルの部屋でですよ。あなた、講演会の後、県警の人と飲みにお出になったでしょう？　すっかり酔っ払って帰ってきて。一人じゃ歩けないほどに。そのとき、部屋まで連れて来てくださった警察官の方がいたでしょう」

「あん？　そうだったか？」

「覚えてないのね。あきれたもんですよ。いいか、もう『モヒカン』なんて恐るるに足らんのだ。お椀をかぶせてドカンとやれば、一発だぁって」

「おまえ、そんな事までよく覚えているな」

「全部、日記に書き留めてあります」

「詳しく書きすぎだろう」

「あのぅ、奥さん？」

船村がそっと割りこんだ。途端に、久俣の威勢が戻る。

「おい、こいつの事を『奥』なんて言うな。『上』と言え。かみさんだ」

「失礼、では、おかみさん」

「止めてください、料亭の人みたいに聞こえるじゃないですか」

「では、呼び方はともかく、その旦那さんを連れてきた警察官の名前、お判りですか？」

「小野寺さんって人。巡査長で、わりと山間の方の担当だとか」

恐るべき記憶力だ。

ようやく、「モヒカン」の出所が判明した。むろん、他にも可能性はいくつもあるが、現時点では、酔った久保の口から洩《も》れた説が最有力だろう。しかし――。

「モヒカン」の素性が判ったところで、やはり放火殺人の真相究明には結び付かない。

窓の外が白んでいるのが見えた。

「もう帰ってもよろしいですかね。この人も眠いみたいですし」

久保は瞼《まぶた》を重そうにしながら、大きなあくびをした。

船村が右人差し指をたて、言った。

「最後にもう一つだけ。その旦那さんがご講演のあと酔っ払った日は何月何日でしたか?」

「六月三日よ」

即答した美絵子の顔を見ながら、船村はニヤリと笑う。

七

センチュリーの車内に戻ると、岩戸は疑問を船村にぶつけた。

「講演が三日だったたって、どういう事でしょう」

「小野寺巡査長は講演に出席していた」

「ですが、日報によれば、同日、彼は丸茂集落の裏山をパトロールしています」

「どちらかがウソだって事だねぇ」

「久保美絵子さんがウソをつく理由は見当たらないと思いますが」

「もっと調べてみないと何とも言えないが、おそらく、日報の方がウソ」

「でも、それは何のために？」

「そこなんだよねぇ」

行き先を告げないので、車は停車したままである。既に夜は明けきり、道を行く車の量も増えている。

吉岡の死刑執行は今夜零時だ。たとえ新たな証拠が見つかったとしても、今から手続きをしたのでは、執行を止める事はできない。そういう意味では、もう手遅れではあるのだ。それでも、だからといって、捜査を止めるわけにはいかなかった。

船村は目を細め、じっと前を見つめている。何かが、彼の頭の中で組み立てられている。

「岩戸予報官」

ふいに彼が口を開いた。

「放火殺人が起きる前、丸茂集落から六〇キロのところに『メドモス』が出たんだよね」

「はい」

「退治……いや、殲滅はできたけれど、お仲間が近くにいるかもしれない。それで、しばらくは広範囲で警戒を続けた」

「その通りです」

「丸茂はその警戒区域に入っていたのだろうか」

「ギリギリ入っていました」

「警戒っていうのは、具体的に何をしていたのですかね」

「メドモス出現地から三〇キロ円内は、衛星からの監視に加え、一帯の振動計測、ヘリや車両などを投入し、兆候を探しました」

「衛星からの監視というのは？」

「対怪獣用のサーモグラフィです。メドモスの体温は四十八度から五十二度。地表から地中十五メートルまでの温度差を可視化しました」

「三〇キロ外は？」

「衛星監視のみです」

「つまりサーモグラフィ」

「はい。当時のデータは再確認しましたが、丸茂地区も徹底的に精査されています。メドモスの兆候はありませんでした」

「それは継続的な測定かな？」

「七年前の五月二十日より、七月二十日までの継続的測定データです」

「六月三日も、六月五日も、異常はなかった」

「はい」

船村は言葉を切り、ウインドウから差しこむ朝日に目を細める。

「メドモスの体温は最大五十二度。つまり、サーモグラフィの表示設定もそれに合わせていたんだね」

「はい」

「体温が平均三十六度代の人間は、表示されない？」

「原則的には、そうなります」

「表示されるといいんだがなぁ」

岩戸には、船村の意図が摑《つか》めない。

「どういう事なんでしょう」

「申し訳ないんだけど、私が関われるのはここまでだ」

「はぁ？」

「こいつは、怪獣防災法には抵触しない案件だ。だから、私は関われない」

「そんな……」

「ここからは岩戸予報官、あなた一人で、やってもらわなくちゃならない」

八

怪獣省第一予報官の身分証を提示すれば、官庁街のどの建物でも自由に入る事ができる。それは警察庁庁舎であっても、変わらない。

警備員、受付、全員が敬礼をして迎えてくれる。一階廊下奥の警察庁首席監察官室直通のエレベータにも、すぐに乗る事ができた。

エレベータホールから秘書室を抜け、観音開きの古びたドアの前に立つ。ノブに手を伸ばそうとしたとき、内側にドアが開いた。

日の差しこむ大きな窓をバックに、磯谷のデスクが鎮座していた。右手側には国旗が掲げられ、その向かいの壁には磯谷自身の肖像画がかかっている。ワインレッドのカーペットに、年を経て黄色みを帯びた白壁、天井から下がる、仰々しく飾り立てられた照明。すべてが前時代的で、くすみ淀《よど》んでいた。

デスクの向こうに座る男は、この部屋の権化だった。岩戸に見せつけたいからか、今日も制服には勲章の類《たぐ》いがジャラジャラとぶら下がっている。

「待っていたよ、岩戸第一予報官」

部屋には椅子一つなかった。来訪者は立ったまま、話をしなければならない。磯谷はそれを悠然と座って聞くわけだ。

背後で扉が閉まっていく気配がした。やがてカチリと施錠の音もする。そして岩戸のすぐ後ろには、屈強な男四人が並んでいた。うち二人は、昨日、磯谷と共に怪獣省を訪れた者たちだ。

「それで、話があるとの事だったが」

「丸茂集落放火殺人事件で、新たな事実が判明しましたので、ご報告に上がりました」

磯谷は露骨に顔を顰《しか》めてみせる。

「それについて、怪獣省は捜査を中止したはずだが」

「警察庁の船村捜査官が引き継ぎまして、私はその協力者として……」

「それは知っている。で、船村はどうした？」

「別件があり、こちらにはうかがえないと」

「それで、彼の代理として君が？」

「はい」

目玉をぎょろりと回し、岩戸が一人で来た事を吟味しているのだろう。その上で、最良と思える算段をしている――。

「よかろう、聞くだけは聞こう」

いよいよだ。岩戸は大きく息を吸いながら、壁の時計を見る。午前十時二十分。

「七年前に起きた丸茂集落放火殺人事件につき、新事実がいくつか判明しました」

「ほう」

「この事件については、丸茂集落住人であった吉岡一郎が、犯人として逮捕、起訴され死刑が確定しております」

「その通り。警察の捜査が正しかったと司法も認めている」

「ですが、吉岡の弁護人である渡良瀬守氏は、彼の無罪を主張し、なおかつ真犯人が別にいると……」

「何とかいう怪獣が犯人だと言うのだろう？」

「メドモスです」

「戯《ざ》れ言だ。渡良瀬は死刑反対運動のリーダー的存在でもある。吉岡の死刑執行を止めたくて、根も葉もない事を喚《わめ》いているだけさ」

「それがそうとも言いきれないのです」

磯谷は野卑な笑い声をたてる。

「おまえが見つけた新事実とやら、言ってみろ」

「当時、丸茂集落一帯を担当していた小野寺五郎巡査長」

「彼は火災に際し、住人を助けようと猛火の中に飛びこみ殉職した。英雄だ。二階級特進し、警部補になったはずだ」

「ずいぶんとお詳しいのですね。小野寺五郎警部補が亡くなる二日前、六月三日深夜に丸茂集落に臨場しています。裏山で怪獣の唸り声のようなものを聞いた、との住人からの通報です」

「それについては、日報を読んだ。私は当時、岐阜県の県警本部長だったからな。怪獣と間違い銃を二発発射したと」

「はい。当時の裏山はかなり荒れており、真っ暗闇だった。怪獣がいるかもしれない山中に、警部補は一人で入っていったわけです。当夜は風も強く……」

「警部補の誤射については、報告書も出ていた。本来なら注意を与えるべきところだが、彼はその直後、亡くなった」

「警部補の誤射について今さらあれこれ言うつもりはありません。ただ、怪獣は本当にいなかったのでしょうか」

「何？」

「住人からの通報は、怪獣省に報告されておりません。もし、本来の規程通り報告されていれば、すぐに衛星を使い丸茂集落一帯を徹底的に調査して……」

磯谷の拳が、デスクに振り下ろされた。

「報告が成されなかったのは、私の知るところではない。それに、今は可能性について論じている時ではないだろう？　怪獣がいたというのであれば、それなりの証拠、データをだしたまえ」

「残念ながら、そうしたデータは一切、発見できませんでした」

「そうか、そうだろうなぁ。つまり、渡良瀬の言い分は綺麗に粉砕されたわけだな。あの放火殺人は怪獣の仕業ではないと」

「現時点では、そう言わざるをえません」

「判った。それだけ聞ければ、満足だ」

磯谷は時計に目を走らせる。午前十時四十分。口の端が持ち上がり、品の悪い笑みを浮かべた。

「ご苦労だった。帰りたまえ」

「話はまだ終わっておりません」

岩戸はポケットより、ＵＳＢメモリーを取りだした。

「パソコンをお借りしたい」

磯谷はまた顔を顰める。

「いったい何だというんだ」

「お手間は取らせません。見ていただければ判ります」

磯谷が顎をしゃくると、岩戸の背後に控えていた男の一人が、デスクの引き出しからラップトップPCを取りだし、ケーブルで国旗の横にあるモニターと繋《つな》いだ。その後、無言のまま岩戸の前に立ち、右手をさしだした。メモリーを手のひらに載せる。

男がラップトップのキーを叩き、モニターを立ち上げると、濃い赤とオレンジ、ピンクが入り交じるサイケデリックな画像が現れた。

「何だ、これは!?」

「怪獣省で導入している衛星による地表のサーモグラフィ画像です」

「温度で色が変わるという、あれか？」

「はい」

「そんなものが、放火殺人と何の関係が？」

「順を追って説明します。小野寺巡査長……失礼、警部補が、丸茂集落に臨場したのは、六月三日の午後九時。監察官はさきほど、報告をご自身で読んだと言われましたね？」

「あぁ、読んだ」

「日付に間違いはありませんか?」

「間違いも何も、警察の作った日報に間違いがあるはずなかろう」

「それが妙なんです。我々の調べでは、六月三日の夜、小野寺警部補は丸茂集落を管轄する交番には勤務しておりません」

磯谷の顔に、初めて狼狽《ろうばい》の色が走った。

「何だと?」

「六月三日は、就業規程に従い、怪獣省主催の講演会に警部補は出席していました。講演会終了後も、講師の酒席に付き合い、泥酔した講師を宿泊先まで送り届けています。三日の日に、彼が丸茂集落に行く事は不可能です」

「そ、そんなバカな」

「講師にも確認を取っています。間違いありません」

「では、日報の日付を間違えたんだ。単純なミスだよ」

「監察官はいま、『警察の作った日報に間違いがあるはずなかろう』とおっしゃいましたが」

「日付の間違いなど軽微なミスは誰にでもある。そうじゃないか?」

「なるほど。では、日報はいつと間違えたのでしょうか。警部補が臨場したのは、本当は何月何日だったのでしょう」

「そんな事、私に判るはずもない」

「六月五日だったのでは？」

室内の空気が一変した。磯谷の貧乏揺すりがピタリと止まり、背後に控える男たちの殺気が増した。

「ああ……」

磯谷は懸命に言葉を探しているようだった。

「五日は放火殺人があった日だ。そのぅ、小野寺巡査長はその日に臨場して殉職した。彼が臨場した事は、もう判っている」

「警部補です」

「え？」

「小野寺巡査長は、二階級特進して、警部補です」

「あ、ああ……そうだった」

「いま問題にしているのは、六月五日に警部補が臨場したかしなかったかではなく、なぜ臨場したのかです」

「集落で火災が発生した。だから、臨場した。そういう事では？　丸茂集落の地理から考えて、消防車などより、警部補の方が現場到着は早かったはずだ」

「それにしても、早すぎませんか？　通常、駐在所から現場まではバイクを使って十五分です。一方、放火の燃焼促進剤はガソリン。八出家は木造で築年数も古く、火の周りが早かった。警部補が到着した時には、家全体が火に包まれていたはずです。飛びこめば死ぬと判ったはずです。にも関わらず、彼はそうした」

「職務上、じっとしていられなかったのだろう。初めての事態でパニックになっていたのかも」

「玄関前に、手帳と銃を置いていたのにですか？」

「君はいったい、何が言いたいのだ？」

「火が出たとき、警部補は既に集落内にいたのではないでしょうか？」

磯谷の目が泳ぐ。助けを求めるようにドアを見やるが、誰も入ってはこない。四人の用心棒たちは、ただじっと佇《たたず》むだけである。

磯谷は考えを必死でまとめているのか、不自然なまでにゆっくりと語り始める。

「そのう……消防署に通報が入る前段階で……ああ……警察に通報が入った記録は……ない。小野寺巡査……いや、警部補が火災発生時に、既に丸茂集落入りしていたというのは……」

「このモニターをご覧ください」

岩戸は磯谷の視線をサーモグラフィ画像に誘導する。

「ここに映っているのは、七年前の六月五日、丸茂集落周辺の画像です」

磯谷が息を呑《の》む。

「何だと⁉　そんなものがあったのか⁉」

「怪獣探索で得た情報は一切、外部に公表しませんので。今回のことは、あくまで特例とお考えください」

「怪獣省の秘密主義か。あんたらが情報を開示してくれれば、多くの未解決事件が解決するだろうに」

岩戸は無視して続けた。

「メドモス潜伏の恐れがあるため、広範囲に衛星による索敵を行いました。結果としては反応ゼロです」

「なるほど。つまり、渡良瀬の言い分は完全に否定されたわけだ」

「その通りです。七年前の六月五日、丸茂集落周辺にメドモスはいなかった。よって、火災は怪獣由来のものではない」

「そうか。それが結論なわけだな」

「いいえ」

「何？」

「メドモスの体温は人間よりも高い。よって、索敵機能もメドモスの体温域に合わせています。人間の体温域を含めると、処理データが膨大になり、肝心のメドモスを取り逃がす……」

「理屈はいい。この上、何が言いたい？」

「体温の表示設定を変更し、人間を探知できるよう変更します」

磯谷が腰を浮かせた。

「そんな事ができるのか？」

「今、お目にかけます」

岩戸はラップトップのキーを叩く。画面上の赤色を中心とした表示に変化が出る。ほとんどが赤から緑色に変化。緑の中にポツポツとピンク色の点が現れた。

「緑色の部分は地表や植物を現します。ピンクは人間です」

「何てことだ。こんな技術があれば、あらゆる人間の行動を衛星から監視できる」

「我々がこの技術を極秘としていたのは、そうした意見を見越しての事です」

磯谷の顔が怒りで朱に染まり始める。

「おまえたち、このままにはしておかんからな」

「この部分をご覧ください」

画面左下の部分がズームされる。緑で囲まれた中にピンクの点がやはり点在している。左端に四つ。かなり離れた右側に一つ。

「これは、七年前の六月五日、午後九時四分、丸茂集落、八出高次氏宅周辺です」

「何ぃ……」

「九時五分」

右側のピンクの一部が二度、真っ赤に瞬《またた》いた。その数秒後、今度は左側のピンク色四つの周囲が赤く染まり始める。

「な、何だ、これは……」

「火災発生の瞬間です」

「い、いや、よく判らん。左側の点は八出夫妻たち火災の被害者だろう。しかし、右側は……」

「右側のピンク、これは小野寺警部補だと思われます」

磯谷は口を真一文字に結び、岩戸を睨んだ。

「そして、小野寺氏の周囲に生じた、真っ赤な痕跡。これは小野寺警部補から高熱が生じた事を示しています。むろん、人体が高熱を発する事はありません。これは恐らく、拳銃を発射した熱です」

モニター上では高熱を示す濃い赤の範囲がジワジワ広がり、もはや八出達を示すピンクの点は呑み込まれていた。

「この情報を元に推理を組み立ててみます。裏山で唸り声が聞こえた。この通報が入ったのは、実は、六月三日ではなく、五日だった。通報を受けた小野寺警部補は一人、集落を抜け、裏山に入ります。一人で恐ろしかったのか、何かに驚き、小野寺氏は銃を抜き、二発撃った。その二発は木々の方向ではなく、集落方向に飛び、八出氏の自宅前に積んであったガソリン入りの携行缶に命中。発火したのです。それを見た小野寺氏は慌てます。手帳と銃を残し、八出氏たちを救うため、屋内に飛びこんだ」

磯谷は無言である。額に汗を浮かべ、濁った目で、モニターを見つめている。

「犯人は吉岡一郎氏ではありません」

時計は午前十一時半。今ならまだ……。

「待ちたまえ」

磯谷は何とか立ち直りのきっかけを探している。

「君は何を言っているのか判っているのか？　犯人は事もあろうに、小野寺だと？　そんな……それが本当なら、とんでもない不祥事だぞ」

「だから、あなたがたは隠蔽に走ったんです。八出氏らが亡くなったのをいいことに、ニセの通報、ニセの日報を作り、小野寺氏の臨場、発砲を六月三日とした」

「ニセの日報などと、なぜそんな手のこんだ事を？」

「弾の数ですよ。今も昔も、警察は銃と弾の管理は徹底しています。小野寺氏は自分の銃を玄関前に置いていった。銃は二発発射された状態で残っていたはずです。もしそれがそのまま報告されれば、真相が明るみに出る恐れがあった。隠蔽を決めた県警は、弾二発を補充し、小野寺氏の銃は全弾装塡《そうてん》されていたと報告した。それでもやはり問題は残ります。弾の在庫数と合わなくなる。そこで、小野寺氏が別の日に裏山へと臨場し、二発発砲したという事実をでっち上げるしかなくなったわけです」

岩戸はラップトップからメモリーを抜く。モニターの画面が暗転し、自動的に電源が切れた。

「磯谷首席監察官、あなたは七年前、岐阜県の県警本部長だった。自身の経歴に傷をつけたくないと、県警ぐるみの隠蔽に走った。怪獣災害によって多くの書類、人命が失われる中、この日報だけが残っていたとは、何とも皮肉な話です。しかもそれが、渡良瀬弁護士によって発掘されるとは」

磯谷は大きくため息をつき、椅子に座り直す。岩戸は彼の前に立った。

「吉岡一郎の死刑執行停止を、法務省に進言していただきたい。手続き論云々《うんぬん》をしている場合はありません。特例として……」

岩戸は猛烈な力で、背後から羽交い締めにされた。四人組の一人が岩戸を押さえ、もう一人がポケットからメモリーを取りだす。

「悪いが、これを表にだすわけにはいかん」

磯谷は、それを岩戸のスーツのポケットにそっと戻す。

「一緒に来てもらおう」


警察庁の地下駐車場は広大で、人気《ひとけ》はまったくない。駐車している車の数はわずかで、半分以上のスペースが放置されている。

その理由は明らかで、有事、つまり怪獣襲来の際には、ここをそのままシェルターとして活用するためだ。

地下といっても、その深度は明らかにされておらず、怪獣省でも上層部の一部しか知らないはずだ。人も車も、出入りには高速エレベータを使うようだ。

前を行く磯谷が得意げに言い放つ。

「ここに来れば、どんな怪獣が来ようと、怖くはない。衝撃、熱線、すべてに耐える設計だ」

背後からの縛《いまし》めを受けながら、岩戸は苦笑した。

「怪獣に関して、絶対はない。奴らの生態については、まだまだ我々の及ばぬ事が多々ある。過信していると、死ぬぞ」

「そうならないため、おまえらにせっせと働いてもらうまでだ。もっとも岩戸予報官、あんたは今日を以《もっ》てお役御免だ」

岩戸は黒いワンボックスの前にひったてられていった。スライド式のドアがゆっくりと開く。中には人影が二つ。手前にいるのは、渡良瀬弁護士だった。気を失っていて、ぐったりとシートにもたれかかっている。暴行を受けたと思しき傷が、口元と右頰に残っていた。渡良瀬の後ろには、背広姿の男がいる。足が長く、ぎょろりとした大きな目をしている。ぎょろ目は、渡良瀬を車外に蹴りだした。弁護士は地面に叩きつけられ、うっと唸り声を上げた。

磯谷が合図をすると、岩戸の縛めが解かれた。背後にいた屈強な四人は今、磯谷の背後へと移動し、静かにこちらを見つめている。

岩戸は倒れ伏した渡良瀬に駆けより、抱き起こす。意識をなくしてはいるが、怪我はさほど酷くないようだ。

「岩戸予報官は、渡良瀬弁護士と共に、事故に遭う。山道での転落事故だ」

勝ち誇った磯谷の声が響く。

「吉岡の無罪を証明すべく、かつて丸茂集落のあった場所へと向かう途中での事故。車は爆発炎上し、岩戸予報官が怪獣省内から持ちだしていたメモリーもすべて焼失してしまう」

「私の所在地は、怪獣省によって追跡されている。今も……」

「君が警察庁にいる事自体、別に問題はない。後日私は、進んで証言をするよ。彼女はまともではなかったとね。渡良瀬の口車に乗り、吉岡が無実だという考えに取り憑《つ》かれていた。私が止めるのも聞かず、渡良瀬と岐阜に向かったのだと」

「そんな事を怪獣省が素直に受け取ると……」

「土屋大臣は、捜査の中止を命じたはずだ。君はそれを無視して暴走した。我が警察庁はまだそれなりの力を持っている。まもなく総裁選だ。土屋大臣の野心は聞いている。ここで警察庁長官に対して強くはでられないのではないかな」

まさに政治屋だ。局面の読みだけは冴《さ》えている。

「もう一人、船村もいずれ処分しようと思う。まあ、あんな窓際一人、いなくなったところで、誰も気にせんだろうがね。さて、そろそろ時間だ。運転はうちの者にさせよう。最後のドライブを楽しむ事だ」

岩戸は男たちによって渡良瀬から引き離され、再び後ろ手に捻《ね》じ上げられた。突き上げる激痛に耐えながら、岩戸はたずねた。

「磯谷首席監察官、私の持っているメモリーの中身は承知しているんだろうな」

「何を言っている。さっき君が見せてくれた。メドモスの衛星監視映像で……」

車専用のエレベータ扉が開き、黒光りするセンチュリーが飛びだしてきた。タイヤを軋《きし》らせながら、磯谷たちの前で停まる。運転手側のドアが開き、呆気《あっけ》にとられる一同の前に姿を見せたのは、黒の上下に身を固めた船村である。

「今のひと言を聞きたかったんだ、磯谷」

口を開いたまま呆然としていた磯谷だが、目の前に立つのが船村であると気づき、途端に声を荒げる。

「何だ、きさま。こんな所に突然やって来て。立場をわきまえろ」

「わきまえるのは、そっちの方だろう」

船村は黒い身分証をだし、突きつけた。

「私は警察庁公安部怪獣防災法専任調査部の筆頭捜査官でね」

磯谷の顔色が変わった。

「か、怪獣防災法⁉　まさか……」

「本当にいるとは思わなかったか？」

船村は笑う。

「首席監察官程度の下っ端には、アクセス権もないからな」

屈辱に歯を食いしばる磯谷は、おとなしく引きさがるつもりはないようだった。

「しかし、今回の案件に怪獣防災法は関係していない。丸茂集落放火殺人事件への怪獣の関与は否定された。これはあくまで、人間の事案だ」

「そこだよ。だから岩戸予報官には、危ない橋を渡ってもらったんだ」

「何だと？」

「おまえさんの言う通り、真犯人が怪獣ではなかったと判明した時点で、事件は私の手を離れる。残念だったな、磯谷。もう少しだったのに」

「な、何が言いたい？」

「判らないのか？　おまえ、岩戸予報官が持っていたメモリーを奪い、破壊しようとしただろう？　そのメモリーには怪獣省の集めた貴重な怪獣データが入っているんだよ。それを破壊しようとする行為は、立派な怪獣防災法違反だ」

船村は磯谷に近づく。

「怪獣防災法違反の罰則は、知っているよな」

磯谷が顎をしゃくった。

磯谷に付き従ってきた四人がいっせいに船村へと襲いかかる。

首席監察官の警護員たちだ。相当に鍛えているはずだが、拳一つ、蹴り一つ、船村にはヒットしない。四方からの攻撃を両腕で巧みにさばいた船村は一人の膝を足の足刀で叩き折った。悲鳴を上げて倒れこむ男の顔面を踏みつけ、声を止める。そのまま、くるりと身を回転させ、背後に迫っていた男の喉元に手刀を突きこんだ。空気を求め口を魚のようにパクパクさせながら、男は倒れる。

身長一九〇センチ近い巨漢が力で船村を組み押さえようとする。船村は右手の平で男の目を払い、鋭い蹴りを下腹部に入れた。体をくの字に折り、膝をついた相手の後頭部に、船村は容赦なくかかとを振り下ろした。

残る一人はもはや戦意をなくしていたが、船村は真正面から近づき、股間を盛大に蹴り上げた。口から吐瀉物《としゃぶつ》を噴きだしながら、男は横向きに倒れ痙攣《けいれん》を始める。

ここに至って、ようやくぎょろ目の男が進み出てきた。隙のない構えで、二メートルほどの間合いを取る。先の四人とは格が違うようだった。左、右、左とパンチが繰り出されたが、無駄がなく早い。船村は左右のステップで無駄なく避けると、ぎょろ目がくりだした左パンチの腕をなぞるように移動、するりと背後を取った。すかさず繰りだされた後ろ蹴りを読んでいたのか、足を両腕で取ると、残った軸足を刈る。地面に倒れこんだぎょろ目は腰に手を回すと、銃を抜いた、コルト・ガバメントだ。

しかし銃口の先にもう船村はいない。ぎょろ目の頭側に回りこみ、顔面に拳を振り下ろした。骨の砕ける音が響き、男の全身から力が抜ける。右手の銃が地面に当たり、音をたてた。船村は銃を素早く手に取る。

「M一九一一。こんなものを自前で用意させるとはね」

船村は銃口をためらう事なく磯谷に向けた。

「怪獣防災法違反に加え、特別捜査官への攻撃。その結果については、よくご存じのはずだよな、首席監察官殿」

磯谷が唾を飲みこむ音が聞こえた。見開かれた目は、銃口の中心を見据えたままだ。両足を震わせ、両腕は高々と挙げていた。

「覚悟はいいか、磯谷」

「待って、待って。怪獣捜査の邪魔をするつもりなんてなかったんだ。頼む、頼む」

船村は銃を向けたまま言った。

「そこに転がっている五人、いつもなら殺していたんだ。今日はとりあえず、今のところ息はしている。なんでだと思う?」

「知らん、いや、知りません」

「今回のミッションは、吉岡一郎を救うことだ。一人の命を救うのに、五人、いやあんた入れて六人死んだら、ちょっとおかしくないか?」

「おかしいです。ちょっとじゃなく、とてもおかしいです」

「だと思うのなら、まず吉岡一郎を助けるのが先だ」

「はい、助けます」

「しかし、執行までもう時間がない。書類手続きをしていると、間に合わないなぁ」

「私が何とかします。法務省に掛け合います。貸しもあるので、何とかします」

「だったら、早くしろ。部下たちが心配なら、救急車も呼べ。いいか、おまえと吉岡の命は一蓮托生だ。吉岡が死ねば、おまえも死ぬ」

「死にません。吉岡も私も死にません」

「なら、オレと一緒に地上に戻ろうか」

船村は岩戸を振り向いて言った。

「あとは、渡良瀬弁護士は任せていいかな」

岩戸にできたのは、かろうじてうなずく事だけだった。

エピローグ

死刑囚であった吉岡一郎《よしおかかずろう》釈放のニュースで、世間は沸き返っている。警察、検察、何人かのクビが飛び、その中には磯谷《いそたに》の名前もあった。

このスキャンダルで、警察庁の権威は失墜し、日本のパワーバランスはまた大きく変化した。今や怪獣省を止めるものは何もない。権力の集中は進み、その姿はもはや「怪獣」だ。

土屋《つちや》怪獣大臣は、首相へと昇り詰めるだろう。それはもう時間の問題だ。

その先に何が待っているのか。

岩戸《いわと》はバーカウンターで一人、ビールを飲む。酸味の強いベルギービールだ。

岩戸たちは、怪獣を殲滅《せんめつ》する事で国を守ってきた。この仕事に誇りもある。日々感謝され、子供たちのなりたい職業ナンバーワンの座を十数年維持してもいる。

しかしいま、倒すべき怪獣の数は減った。怪獣の出現は減少傾向にあり、ほぼすべての種に対応マニュアルができつつある。怪獣はもはや、人類の絶対的脅威ではないのかもしれない。

目の前に立ち塞がる絶対悪がいなくなった時、怪獣省は掌握した権力、武力をどこに向けるのだろうか。

怪獣が減っても、未来は決して明るくはない。ここ最近の案件がそれを示している。結局のところ、どれも怪獣殲滅に名を借りた、醜い権力闘争だったではないか。

岩戸の隣の席は、今夜も空いている。

休暇は今夜まで。明日からはまた、怪獣との闘いが始まる。

支払いをしようと携帯をだしたとき、店に新たな客が入って来る気配がした。

客は岩戸の後ろに立ち、バーテンダーに言った。

「強いの、ある?」

岩戸は携帯をしまい、グラスをバーテンダーに向けてそっと差しだす。

「同じものを」

男が横に座る。クシャクシャの髪、汗のにおいに安らぎを感じた。

広がりつつある闇の事は、忘れよう。せめて、いまこの瞬間だけは。


(了)

大倉崇裕（おおくら・たかひろ）

一九六八年京都府生まれ。学習院大学法学部卒業。九七年、「三人目の幽霊」で第四回創元推理短編賞佳作を受賞。九八年、「ツール＆ストール」で第二十回小説推理新人賞を受賞。二〇〇一年、『三人目の幽霊』でデビュー。代表作である白戸修シリーズ、福家警部補シリーズ、警視庁いきもの係シリーズはいずれもTVドラマ化されている。近年は『名探偵コナン』や『ルパン三世』といった作品の脚本も手掛ける。怪獣や特撮への造詣も深く、『ウルトラマンマックス』の脚本にも参加している。

高《こう》高《こう》度《ど》の死《しに》神《がみ》

怪《かい》獣《じゅう》殺《さつ》人《じん》捜《そう》査《さ》

THE GRIM REAPER ENCOUNTERED at HIGH ALTITUDE

Homicide Investigation Involving Monsters

Okura Takahiro

二〇二五年 一月二〇日 初版発行

著者 大倉崇裕《おおくらたかひろ》

発行所 株式会社二見書房
東京都千代田区神田三崎町二―十八―十一
電話 〇三（三五一五）二三一一〔営業〕
〇三（三五一五）二三一三〔編集〕
振替 〇〇一七〇―四―二六三九

印刷・製本 株式会社堀内印刷所

落丁・乱丁本はお取り替えいたします。
定価は、カバーに表示してあります。

ISBN978-4-576-24125-8
https://www.futami.co.jp

この作品はフィクションです。